Le Secret du Feu

Titre original :

ELDENS HEMLIGHET

En souvenir de Maria Alface,
une petite fille africaine
morte très jeune.
Ce livre raconte l'histoire de sa sœur Sofia
qui, elle, a survécu.

Une production de l'Atelier du Père Castor

HENNING MANKELL

LE SECRET DU FEU

Traduit du suédois par
AGNETA SÉGOL

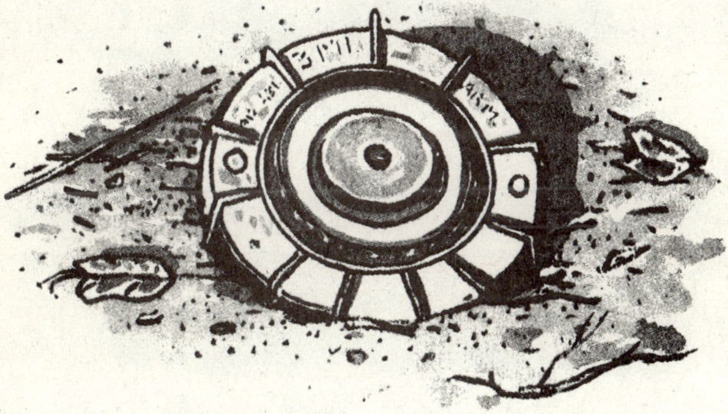

Castor Poche Flammarion

Henning Mankell

L'auteur est né à Stockholm, en Suède, en février 1948, mais son esprit aventureux l'a conduit en Afrique ; il vit actuellement au Mozambique. Il est le père d'un jeune garçon qui, précise-t-il, aime beaucoup lire.

Henning Mankell écrit pour les enfants depuis longtemps, mais il écrit également pour les adultes et est à l'occasion metteur en scène de théâtre.

Pour écrire, Henning Mankell observe ce qui se passe autour de lui et s'en inspire.

Du même auteur, en Castor Poche :

Le chat qui aimait la pluie, n° 518.

Agneta Ségol

La traductrice vit en Normandie. Elle a fait ses premières traductions pour que ses enfants et leurs amis connaissent ses livres préférés. Elle a ensuite continué par plaisir. « Le suédois est ma langue maternelle et ma langue de référence, mais je vis en France depuis suffisamment longtemps pour que le français soit devenu ma langue aussi. Il arrive cependant que le suédois me joue des tours et je fais appel à une amie, Pascale Brick-Aïda, qui m'empêche de m'égarer. Pascale a relu cette traduction, elle m'a conseillée et parfois remise sur le bon chemin. »

Bruno Pilorget

L'illustrateur est né en 1957 à Vannes. Après deux ans passés à étudier aux Beaux arts de Lorient, il se lance dans l'illustration, il débute pour Gallimard en 1982. Depuis il a illustré près de 70 romans, contes ou albums chez différents éditeurs. Il a vécu douze ans à Paris, puis est parti vivre avec sa femme, auteur-illustratrice, et ses deux garçons, près de la mer du golfe du Morbihan, à Arradon.

Quelques mots avant que tu lises ce livre...

Il existe de nombreux mots expressifs et très beaux dans la langue suédoise.

L'un d'entre eux est le mot *okuvlig**.

En le prononçant à voix haute, on entend bien ce qu'il signifie :

qui ne se laisse pas faire,

qui n'accepte pas la défaite.

Ce livre raconte l'histoire de quelqu'un d'*okuvlig* qui s'appelle Sofia et qui existe dans la réalité. Elle a douze ans et vit dans un des pays les plus pauvres du monde, le Mozambique, situé sur la côte orientale africaine.

* Invincible, indomptable, qui refuse de baisser les bras. *(N.d.T.)*

Le Mozambique est en fait un pays très riche, mais une guerre qui a duré près de vingt ans l'a appauvri. C'était une colonie portugaise jusqu'en 1975 et, lorsque ce pays est devenu autonome et a voulu se diriger lui-même, beaucoup de gens ont tenté de l'en empêcher. Surtout les Portugais fortunés qui ont vu disparaître leur puissance. Un nombre important d'entre eux sont partis pour l'Afrique du Sud, de l'autre côté de la frontière. Les racistes dans ce pays-là n'ont pas apprécié, eux non plus, ce qui était en train de se passer chez leurs voisins. Ils ont fourni en argent et en armes tous les mécontents et les pauvres du Mozambique et les ont incités à entreprendre une guerre civile. Et, comme dans toutes les guerres, c'est surtout la population qui a souffert. Il y a eu beaucoup de morts et beaucoup de gens se sont enfuis. Sofia fait partie de ces derniers. Elle a survécu.

Ce livre parle d'elle et de ce qui lui est arrivé. Quelque chose qui a changé sa vie.

Henning Mankell.

Voici mon histoire
telle que j'aimerais qu'elle
vive dans vos mémoires.

Le cœur africain
est comme le soleil,
grand, rouge,
comme une étoffe en soie couleur de sang.

L'aube africaine danse.
Du soleil levant naissent
les tout premiers sons,
d'abord très doux, comme des murmures,
puis, de plus en plus forts.

Mais c'est encore la nuit.
Et Sofia rêve…

Chapitre 1

Sofia court dans la nuit.

Il fait noir et elle a très peur.

Elle ne sait pas pourquoi elle court, ni pourquoi elle a peur. Elle ne sait pas non plus où elle va.

Il y a quelque chose derrière elle. Quelque chose dans le noir qui l'effraie, qui l'oblige à courir plus vite. Il faut qu'elle réussisse à courir encore plus vite. Cette chose invisible derrière elle se rapproche progressivement.

Elle a peur et elle est seule. Courir, c'est tout ce qu'elle peut faire.

Elle suit le sentier qui se faufile entre les buissons et les ronces. Elle ne peut pas le voir, mais elle le connaît par cœur. Ses pieds savent quand ils doivent aller tout droit ou tourner. C'est ce sentier qu'elle emprunte tous les matins en compagnie de sa sœur Maria, quand elles se rendent dans le petit champ pour cultiver le maïs, la salade et les oignons. Tous les matins à l'aube, elles y vont et tous les soirs, juste avant le coucher du soleil, elles retournent dans leur petite case. Leur mère Lydia est alors avec elles.

Mais pourquoi y court-elle maintenant, en pleine nuit ? Quelle est cette chose qui la poursuit dans l'obscurité ? Un monstre qui n'a même pas d'yeux ? Elle sent son souffle sur sa nuque et s'efforce de presser le pas. Mais elle n'en peut plus, elle décide de se cacher. Il faudrait qu'elle quitte le sentier pour se dissimuler dans les broussailles. Elle bondit, comme elle a vu les antilopes le faire, et s'élève au-dessus de la terre.

Et c'est alors qu'elle comprend :

C'est justement ce que le monstre derrière elle veut qu'elle fasse.

Qu'elle quitte le sentier. Il n'y a rien de plus dangereux.

Tous les matins maman Lydia lui répète :

— Ne t'éloigne jamais du sentier. Même pas d'un mètre. Ne prends jamais de raccourcis. Promets-le-moi.

Elle sait qu'il y a quelque chose de dangereux sous la terre. Des soldats armés que personne ne peut voir. Enfouis sous la terre, invisibles. Qui attendent patiemment qu'un pied s'y pose. Elle cherche désespérément à se maintenir dans l'air. Elle sait qu'il ne faut pas qu'elle touche le sol. Mais elle n'arrive pas à rester suspendue. Elle n'a pas d'ailes comme les oiseaux et elle est attirée vers le bas. Déjà la plante de ses pieds frôle la terre sèche.

Elle se réveille.

Elle est trempée de sueur et son cœur cogne dans sa poitrine. D'abord elle ne réalise pas où elle est. Puis elle entend la respiration de sa mère et de ses frères et sœurs endormis. Ils sont tous étendus par terre dans la petite case, serrés les uns contre les autres. Elle passe doucement sa main dans le dos de sa mère qui bouge sans se réveiller.

Sofia reste couchée les yeux grands ouverts dans le silence et l'obscurité. La respiration de maman Lydia est légère et irrégulière, comme si elle était déjà réveillée et qu'elle préparait la bouillie pour le repas du matin. À sa gauche sont couchés Faustino, si petit qu'il ne sait pas encore marcher, et Alfredo.

Sofia se dit qu'il y aura bientôt un autre enfant qui dormira par terre dans la case. L'accouchement de maman Lydia est pour bientôt. Sofia l'a déjà vue grossir de nombreuses fois. Elle sait que l'événement est proche.

Elle pense à son rêve. Maintenant qu'elle est réveillée, elle est à la fois soulagée et heureuse, mais triste aussi.

Elle pense au contenu de son rêve. À ce qui est arrivé un matin, il y a tout juste un an.

Elle pense à Maria dont elle n'entend plus la respiration dans le noir.

Maria qui n'est plus là.

Elle reste ainsi longtemps. Elle perçoit le ululement d'un hibou au loin et le bruissement furtif d'un rat de l'autre côté de la cloison en paille.

Elle pense à ce qui est arrivé ce matin-là, alors que tout était comme d'habitude. Quand elle et Maria sont parties pour aider Lydia à enlever les mauvaises herbes du champ situé au bout du village.

Et elle pense à tout ce qui s'était passé avant.

Chapitre 2

C'était la vieille Muazena qui avait raconté le secret du feu à Sofia et à Maria.

— Chaque flamme détient son secret, disait-elle. Si l'on s'assoit à la bonne distance du feu et que l'on plonge son regard tout au fond des flammes, on apprend à travers leur danse ce que nous réserve la vie. On peut y voir ce qu'apporteront toutes ces journées qui s'étendent devant nous et qui n'ont pas encore été utilisées.

Muazena avait tendu sa vieille main ridée et tremblante en direction d'un champ où s'alignaient différentes plantes, en disant :

— La vie est comme ça. Chaque jour est une plante. Vous devez la soigner et l'arroser, la libérer des mauvaises herbes pour un jour récolter. Chaque plante est une journée de la vie que vous n'avez pas encore vécue.

Le feu contient également tous les souvenirs.

Cela aussi, Muazena l'avait raconté à Sofia et à Maria lorsqu'elles étaient encore toutes petites. En observant le feu, on peut retrouver les souvenirs qu'on croit avoir oubliés pour toujours.

Sofia pensait souvent à Muazena. Mais elle n'existait plus. Comme Maria. En se souvenant de Muazena, Sofia retrouvait aussi l'époque qui avait précédé leur fuite. Avant le long voyage, avant qu'ils ne se soient installés ici sur les rives du fleuve. C'était une période heureuse où elle ignorait encore la douleur, le chagrin, la faim. Et le pire de tout : la solitude.

À ce moment-là, ils vivaient au même endroit depuis toujours. Ce dont Sofia se rappelait le mieux, c'était le village et toutes ses cases rondes aux toits habilement tressés avec des feuilles de palmier. C'est là qu'elle était née, comme Maria et Alfredo. Son père, Hapakatanda, l'avait soulevée vers le ciel pour lui faire saluer le soleil.

Sa mère, Lydia, la femme la plus belle et la plus forte de tout le village, la portait attachée sur son dos quand elle travaillait la terre sèche, courbée en deux. Chaque fois qu'elle repensait à cette époque, Sofia entendait une musique à l'intérieur d'elle : le son des tam-tams et la mélodie monotone d'un *timbila.* Elle gardait encore inscrit dans son corps le balancement cadencé de sa mère quand elle dansait avec les autres femmes. Elle ne se souvenait pas avoir jamais eu faim. Ni peur. C'était la période heureuse.

Muazena lui avait parlé de ce temps-là aussi.

Elle avait parlé du paradis. Elle avait dit «c'est seulement quand nous l'avons perdu, que nous réalisons que le bonheur existait là où nous étions».

Puis était arrivé tout ce qu'elle cherchait à oublier. Mais le souvenir était gravé dans sa peau comme une cicatrice indélébile.

C'était la nuit.

Une nuit sans lune ni étoiles.

Soudain toute sa vie avait explosé. Une lumière blanche et agressive avait envahi la case, suivie d'une série de détonations violentes. Dans sa mémoire défilait ce qu'elle voulait oublier à tout prix : des visages humains déformés, éclairés par cette lumière brutale. C'étaient des êtres humains, mais ils ressemblaient à des monstres et elle avait tout de suite compris qu'ils étaient venus pour les tuer, elle et les autres villageois.

C'étaient les Bandits.

Protégés par l'obscurité de la nuit, ils s'étaient approchés du village. Son père, Hapakatanda, avait cherché un endroit pour cacher ses filles dans ce chaos effrayant de feu et de mort, de corps sanglants, de cris. Mais un grand couteau ou peut-être une hache l'avait frappé, et il s'était écroulé sur Maria et elle en les couvrant de son corps.

Avait suivi un lourd silence. Alors Sofia avait découvert le véritable sens de « silence de mort ». Jusqu'au bout, son père avait pu rester fidèle à son souhait le plus cher : les protéger, elle et Maria, des couteaux, des haches et des fusils.

Le lendemain, avec le retour du soleil, elles s'étaient risquées à sortir de la case. Leur père était mort. Elles avaient beaucoup pleuré. Muazena était morte, elle aussi. Elle était tombée à plat ventre sur le feu qui se mourait. Mais Lydia et Alfredo n'étaient plus là. Sofia et Maria n'avaient pas osé appeler et elles étaient sorties prudemment de la case en pleurant tout bas. Elles avaient traversé le village. Des morts gisaient partout. Des parents proches et tous ceux qu'elles avaient connus, avec qui elles avaient joué, travaillé et ri. Ces monstres qui étaient arrivés dans la nuit en apportant le « silence de mort » avaient transformé le village en cimetière. Ils avaient même tué les chiens. Partout il y avait des morts dans des positions grotesques. Certains avaient eu les bras et les jambes tranchés, d'autres la tête. Sofia et Maria avaient traversé le village anéanti et aussi le « silence de mort », jusqu'à la dernière case détruite par le feu. Sofia s'était dit que Lydia devait bien être quelque part. Ainsi qu'Alfredo. Tout le monde ne pouvait pas être mort. Ce n'était pas possible qu'elles soient les seules survivantes, elle et Maria. C'était ce dont Muazena avait parlé, la chose la plus effrayante qui puisse arriver à un être humain : rester seul au monde.

« S'il arrivait quelque chose à Maria, il n'y aurait plus que moi. Je ne veux pas être le dernier survivant », s'était-elle dit au milieu de ses pleurs silencieux.

Mais Lydia était là. Maria et Sofia l'avaient retrouvée au bout du village, cachée parmi les broussailles. Alfredo était avec elle, vivant lui aussi. Il y avait également deux autres femmes et trois enfants. Sofia et Maria n'avaient pas pu manifester leur joie de peur d'être entendues par les Bandits qui pouvaient encore se trouver dans le voisinage. Ils s'étaient seulement pris par la main et étaient restés cachés dans le fourré toute la journée, sans eau et sans nourriture, en attendant la nuit.

Puis ils s'étaient enfuis. La première nuit ils avaient marché à travers les ronces aussi loin qu'ils en avaient eu la force. Le lendemain, ils s'étaient risqués à marcher aussi le jour. Comme ils ne savaient pas où aller, ils étaient partis droit devant eux, dans le paysage desséché, vers les grandes montagnes qui se dessinaient à l'horizon. Sofia se souvenait de sa faim. Mais la soif était encore plus douloureuse.

Le troisième jour, Lydia s'était disputée avec les autres femmes au sujet de la direction à prendre. Alors ils s'étaient séparés. Lydia, Sofia, Maria et Alfredo avaient continué vers les montagnes et les deux autres femmes avaient pris un autre chemin.

Ils avaient repris leur marche sans se retourner une seule fois.

Sur le chemin de l'inconnu, ils avaient croisé une vieille femme, très pauvre. Ses vêtements pendaient en haillons autour de son corps et ses jambes étaient gonflées et couvertes de plaies. Elle devait avoir à peu près le même âge que Muazena, avait pensé Sofia. Soudain elle était apparue devant eux et lorsque maman Lydia lui avait adressé la parole, elles s'étaient aperçues qu'elles se comprenaient. Elles parlaient des langues qui se ressemblaient. Lydia lui avait raconté ce qui s'était passé.

— C'étaient les Bandits, avait-elle dit. Ils sont arrivés la nuit et ils ont tué mon mari.

— Qui d'autre ? avait demandé la vieille femme. Les Bandits sont des monstres et ils ne se contentent jamais de ne tuer qu'une seule personne. Ils tuent autant qu'ils peuvent.

— Ils ont tué tout le monde au village, avait répondu Lydia.

— Même les chiens, avait ajouté Sofia. Ils ont tué tous les chiens aussi.

La vieille femme s'était mise à balancer son corps, à jeter la tête d'un côté et de l'autre et à pousser des cris de désespoir. Lydia avait fait comme elle, puis également Sofia, Maria et Alfredo. Ils avaient balancé leurs corps, osant exprimer leur chagrin et leur douleur. Ils pouvaient enfin donner libre cours à leurs larmes et à leurs cris.

Ensuite ils avaient continué leur marche vers les montagnes. Ils avaient trouvé de l'eau à boire au fond du lit d'une rivière presque à sec et la vieille femme qui les accompagnait avait partagé avec eux la chair d'un oiseau mort.

La nuit, ils avaient dormi sous de majestueux baobabs autour d'un feu. Sofia avait réveillé Maria parce qu'elle avait entendu le rugissement d'un lion dans le noir.

La vieille dame n'avait jamais dit son nom. Bien qu'elle n'ait plus une seule dent, son sourire était gentil.

Les monstres étaient revenus dans les rêves de Sofia. Quand l'un d'eux avait levé sa hache au-dessus de la tête de son père, elle s'était réveillée. Lydia, couchée en chien de fusil, serrait Alfredo contre elle. Maria était étendue de l'autre côté. La vieille femme dormait près du feu qui n'était plus que de la braise. Sofia s'était dit que l'esprit de Muazena était peut-être revenu dans le corps de cette vieille dame qui n'avait jamais dit son nom.

Dès l'aube, ils avaient repris leur marche vers les montagnes qui leur paraissaient toujours aussi lointaines. Sofia avait entendu sa mère poser des questions à la femme sans nom au sujet de la ville.

— Je n'y suis jamais allée, avait-elle répondu.

— C'est encore loin? avait demandé Lydia.

— La ville se situe suffisamment loin pour que des gens comme toi et moi et tes enfants ne puissent pas l'atteindre. Mes jambes sont vieilles et couvertes de plaies, celles de tes enfants sont bien trop petites et trop jeunes. Aucun d'entre nous n'a des jambes faites pour marcher jusqu'à la ville.

Lydia n'avait plus posé de questions. Ils avaient continué en silence. La chaleur était très forte. Ils avaient cherché à se protéger du soleil en enroulant leurs capulanas* autour de leurs têtes. La vieille avait gardé un peu d'eau dans un récipient sale en plastique. Mais lorsque l'après-midi fut bien avancé, ils n'avaient toujours pas vu la trace de bosquets d'arbres, signe qu'il y aurait un cours d'eau à proximité.

Pendant le peu de temps que dura le crépuscule, la vieille s'était arrêtée brusquement et s'était assise avec difficulté sur la terre sèche.

— J'ai pu marcher jusqu'ici, avait-elle dit au bout d'un long silence. Et maintenant j'ai fini.

* Morceaux d'étoffes multicolores qui servent de jupes aux femmes africaines.

Lydia avait demandé à Sofia et à Maria d'aller ramasser de quoi faire du feu.

— Il n'y a pas d'arbres ici, avait dit Sofia. Où allons-nous dormir ?

— Fais ce que je te demande, avait insisté Lydia d'une voix lasse. C'est ici que nous passerons la nuit.

Sofia avait d'autres questions en tête. Qui les protégerait contre les animaux sauvages ? Que se passerait-il si le feu s'éteignait puisqu'il n'y avait pas d'« esprits d'arbre » pour veiller sur eux ? Mais elle n'avait pas osé les formuler. Le ton de maman Lydia lui avait indiqué que, pour l'instant, elle n'avait pas d'autres réponses à donner. Avec Maria et Alfredo, elle s'était mise à ramasser de l'herbe sèche et des bouts de bois. Sofia ne s'était jamais éloignée d'Alfredo. Il pouvait y avoir des serpents et son frère était encore trop petit pour avoir conscience du danger.

Quand ils avaient allumé le feu, Sofia avait remarqué que la vieille était immobile, les yeux ouverts.

— Elle ne mange pas quelque chose ? avait demandé Sofia alors qu'ils étaient en train de finir la viande séchée.

— Elle n'a pas faim, avait répondu Lydia.

— Elle ne veut pas dormir ? avait demandé Sofia à voix basse alors qu'ils s'étaient installés pour dormir autour du feu, serrés les uns contre les autres.

— Elle dort déjà, avait répondu Lydia. Ne pose plus de questions. Dors.

Le lendemain, à l'aube, quand Sofia s'était réveillée, elle avait retrouvé la vieille femme dans la même position.

Son corps était tout raide. Alors Sofia avait compris qu'elle était morte, elle aussi.

Elle avait effleuré Lydia qui s'était réveillée aussitôt.

— Elle est morte, avait dit Sofia.

Lydia s'était levée et s'était avancée vers la vieille. Elle l'avait regardée sans rien dire. Puis, après avoir réveillé Maria et Alfredo, elle avait demandé à Sofia de prendre le récipient en plastique qui avait appartenu à la vieille femme.

Ils avaient repris leur marche et au bout d'un bon moment Sofia s'était retournée. La femme lui était apparue comme une ombre lointaine. Peut-être s'était-elle transformée en une de ces racines sèches et tordues, éparpillées sur la terre rouge.

Sofia se posait beaucoup de questions. Elle se demandait pourquoi on l'avait obligée à entrer dans ce monde où il n'y avait que des morts.

« Il faut seulement que j'atteigne les grandes montagnes, s'était-elle dit. Les vivants se trouvent forcément de l'autre côté. »

Ils avaient marché longtemps, pendant des jours et des jours. En y repensant plus tard, Sofia s'était dit que c'était comme un rêve. Peut-être est-il possible de se déplacer dans ses rêves ? Peut-être est-il possible d'escalader les montagnes et de traverser à pied les lits de rivière à moitié secs sans se réveiller?

Mais la nuit les visages effrayants revenaient. Quand les monstres se penchaient au-dessus d'elle, elle se réveillait en sursaut. Ils s'écartaient alors, mais elle savait qu'ils n'étaient jamais loin. Même si elle ne pouvait pas les voir, eux l'observaient.

Ils avaient marché longtemps, pendant des jours et des jours.

Sofia avait demandé à Lydia où ils allaient.

— Ailleurs, avait répondu Lydia. Loin de ceux qui ont tué Hapakatanda et tes frères et sœurs.

Sofia avait essayé d'imaginer cet Ailleurs dont parlait Lydia. C'était peut-être un village, qui existait réellement quelque part et qui les attendait. Elle s'était dit aussi que celui qui n'est plus porté sur le dos de sa mère n'a plus le droit d'être naïf. Ailleurs était ailleurs, c'est-à-dire nulle part.

Un jour Sofia vit la mer pour la première fois.

Ils étaient montés en haut d'une colline. Tard dans l'après-midi. Les pieds de Sofia étaient gonflés et couverts de plaies.

Et elle avait vu la mer. Un fleuve sans rive de l'autre côté. Une eau irisée et turquoise qu'aucun pont ne pouvait enjamber.

Elle avait immédiatement eu l'impression d'être chez elle. Cet univers inconnu semblait posséder quelque chose qui lui était familier. Peut-être avait-elle découvert un des secrets dont lui avait parlé Muazena, un des secrets du feu. Et s'il y avait quelque part un autre pays qui attendrait ceux qui se font chasser de chez eux par les Bandits ou par les monstres ? L'important c'est de ne pas s'asseoir comme l'avait fait la vieille femme. C'est justement au moment où les dernières forces abandonnent un être humain qu'il atteint ce lieu dont il ignorait l'existence.

Ils avaient marché jusqu'au rivage. Le sable était différent, plus doux sous les pieds. Lydia s'était effondrée à l'ombre d'un arbre tout au bord. Sofia et Maria avaient couru ensemble vers l'eau. Elles l'avaient goûtée et avaient découvert qu'elle était salée. Elles avaient ensuite avancé jusqu'à ce que Lydia leur crie d'être prudentes.

Un peu plus tard, quand Sofia avait demandé s'ils étaient enfin arrivés à destination, Lydia avait fait non de la tête.

— Comment pourrions-nous vivre ici ? avait-elle demandé. Comment pourrions-nous faire pousser quelque chose dans le sable ? Comment pourrions-nous planter dans la mer ? Nous sommes obligés de continuer.

Sofia n'oublia jamais la mer. Quand ils reprirent leur marche le lendemain pour se diriger de nouveau vers l'intérieur des terres, elle se retourna souvent pour regarder cette eau scintillante qui s'étalait à l'infini.

Bien après, ils arrivèrent dans un petit village où habitaient quelques lointains cousins de Hapakatanda, le mari de Lydia. Le chef du village, un vieil homme presque aveugle, les avait autorisés à rester et ils s'étaient construit une petite case en paille et en argile à l'extrémité du village. Tous les matins, Lydia, Sofia et Maria partaient travailler dans les champs en compagnie des autres femmes. Mais un jour, un homme était arrivé en courant pour leur apprendre qu'un village voisin venait d'être attaqué par les Bandits. L'après-midi même, ils quittèrent tous les lieux en n'emportant avec eux rien d'autre que leurs chèvres. Ils restèrent cachés plus d'un mois, craignant à tout moment d'être repérés. Ils n'avaient pratiquement rien à manger et avaient survécu grâce aux racines, aux lézards et aux rats qu'ils avaient pu trouver.

Alfredo était très malade et Sofia avait eu peur qu'il meure lui aussi. Quand un enfant tremble de froid malgré la chaleur du soleil, c'est que la mort lui a insufflé son souffle dangereux dans les narines. Mais Alfredo avait fini par retrouver la santé.

Le jour où les villageois décidèrent de regagner leur village, Lydia les informa qu'elle ne retournerait pas avec eux mais qu'elle reprendrait sa marche.

— Pour aller où? avait demandé Sofia.

— Là où les Bandits ne sont pas.

— C'est où?

— Je ne sais pas. Ne pose pas tant de questions.

Sofia avait constamment peur que sa mère fasse comme la vieille femme : qu'elle s'assoie par terre pour se transformer en racine sèche. Si cela arrivait, Sofia serait toute seule avec Maria et Alfredo, sans savoir où retrouver un foyer. Tous les soirs quand ils s'arrêtaient pour préparer leur campement pour la nuit, Sofia observait sa mère en cachette.

Allait-elle s'immobiliser comme la vieille femme ?

La peur avait formé un cercle autour de Sofia. Les Bandits étaient derrière elle, et devant aussi. Lydia ne s'était pas encore assise par terre pour se figer, mais cela n'était que partie remise : la peur de Sofia serait encore là le lendemain.

Pourtant ce qu'elle craignait ne s'était pas produit.

La longue marche avait fini par aboutir.

Ils étaient arrivés dans un village habité uniquement par des gens qui avaient fui les Bandits. Ils parlaient tous des langues différentes. Un homme blanc, un prêtre, les avait regardés d'un air douloureux. Avec l'aide d'un villageois qui parlait la même langue qu'elle, Lydia avait pu expliquer d'où ils venaient. Elle avait raconté la nuit où les Bandits étaient venus.

— Même les chiens, avait ajouté Sofia. Ils ont tué même nos chiens.

Pour la deuxième fois, ils s'étaient construit une case en paille et en argile. Plus bas serpentait un fleuve. Cette nuit-là, c'était la première qu'ils passaient de nouveau sous un toit. Sofia était restée longtemps éveillée, les yeux grands ouverts dans le noir. Elle avait remarqué que Maria, étendue à côté d'elle, ne dormait pas non plus.

— Nous allons vivre ici, avait chuchoté Sofia.

— Les Bandits ne viendront pas jusqu'ici ? avait demandé Maria.

— Je ne crois pas qu'ils connaissent le chemin. Pense à tous ces jours durant lesquels nous avons marché. Nos pieds sont enflés et pleins de blessures.

— Les Bandits ont peut-être des chaussures, avait répliqué Maria d'une voix craintive.

— Je ne crois pas que les monstres portent des chaussures. Nous allons rester ici. Rien ne pourra nous arriver.

Maria s'était rapprochée de Sofia qui avait senti la chaleur du corps de sa sœur l'envahir.

« Nous allons vivre ici, avait-elle pensé. Mais je ne reverrai plus jamais mon père Hapakatanda. Ni tous ceux qui faisaient partie de ma famille. Ni mes amis. Ni les chiens. »

Elle s'était alors aperçue qu'elle pleurait.

C'était la première fois qu'elle avait osé ressentir le chagrin qu'elle avait en elle. S'il avait fallu qu'elle porte sur la tête un panier rempli de toute sa tristesse, elle se serait écroulée. Elle était trop petite pour un poids aussi grand.

Pourtant elle savait qu'elle était obligée de le

supporter. Il serait toujours là, ce panier de chagrin. Toute sa vie.

Elle avait fini par s'endormir et elle avait rêvé de Muazena et des secrets du feu.

— Ça y est, nous sommes arrivés, disait-elle à voix basse à Muazena dans son rêve. Nous sommes arrivés et nous sommes encore en vie. Et j'ai vu la mer.

Sofia s'était réveillée très tôt le lendemain. Elle était sortie en se frottant les yeux pour évacuer le sommeil. Lydia était levée depuis longtemps déjà, elle était occupée à faire du feu, accroupie devant la case. Sa mère l'avait regardée en souriant et Sofia s'était fait la réflexion qu'il y avait très longtemps qu'elle ne l'avait pas vue sourire. Une immense joie l'avait submergée. Ça signifiait que la longue marche était enfin terminée.

C'était à cet endroit qu'ils allaient recommencer à vivre.

Chapitre 3

Un jour que Sofia balayait devant la case et que sa sœur était descendue au fleuve chercher de l'eau, Lydia qui était en train de piler les grains de maïs l'appela. Elle avait besoin de se redresser un moment pour reposer son dos.

— Vous vous ressemblez tellement, Maria et toi, dit-elle en riant. Même moi, votre propre mère, je n'arrive pas toujours à vous distinguer. Et pourtant vous n'êtes pas jumelles.

— Alors, à ton avis, qui est en train de balayer ? plaisanta Sofia.

— Je vois bien que c'est toi, Sofia, mais parfois j'hésite. Pourtant, toute une année vous sépare. Maria aura toujours une année de plus que toi.

Et elle se remit à écraser le maïs.

Sofia reprit le balai et réfléchit aux paroles de

Lydia. C'était quand même étonnant qu'il n'y ait pas moyen de rattraper quelqu'un. À sa connaissance, c'était seulement chez les humains que ça se passait comme ça. Les tiges de maïs finissaient toutes par atteindre la même taille, une tomate devenait aussi rouge que les autres et tous les poussins aussi gros. Mais pour les gens ce n'était pas pareil. Pas pour elle et Maria.

Amusée par cette idée, elle aperçut Maria qui remontait le sentier en portant sur sa tête la lourde bassine en tôle remplie d'eau. Elle rangea le balai et se sauva en espérant que Lydia ne s'en apercevrait pas. Sa mère n'aimait pas qu'on s'arrête au milieu d'un travail. « Maria ne l'aurait jamais fait, se dit Sofia, elle aurait d'abord fini de balayer. Voilà quand même une différence entre nous deux. »

Maria grimaçait sous le poids de la bassine. Avec l'aide de Sofia elle la descendit de sa tête et elles la portèrent ensuite à deux jusqu'à la case. Tout en marchant, Sofia raconta à Maria ce que Lydia lui avait dit.

— Nos enfants se ressembleront peut-être, eux aussi, dit Maria.

— Ça dépendra de leur père, répondit Sofia. Si nous sommes pareilles, c'est parce que nous ressemblons toutes les deux à Hapakatanda.

Elle faillit se mordre la langue, effrayée d'avoir fait ce qu'elle ne devait pas. Elle avait parlé de leur père mort.

Maria lui fit signe qu'elle avait besoin de poser la bassine, puis elle s'assit par terre. Sofia en fit autant.

— Je rêve de papa toutes les nuits, lui confia Maria. Je rêve que c'est le matin et qu'il est là, devant la case.

— Tu sais bien qu'il est mort, répondit Sofia. Les Bandits l'ont tué avec une hache.

— Je me demande pourquoi je rêve qu'il est encore vivant ?

Sofia ne savait pas quoi lui répondre. Maria en tant qu'aînée aurait dû en savoir plus que sa sœur, mais en fait c'était l'inverse. La plupart du temps c'était elle qui posait les questions et c'était Sofia qui répondait.

Cette fois-ci, pourtant, Sofia n'avait pas de réponse à donner.

— Devrons-nous vivre ici pour toujours ? demanda Maria.

Sofia ressentit subitement toute la tristesse de sa sœur. Elle la voyait se recroqueviller, comme si elle avait mal.

— Je ne sais pas, dit Sofia. Mais un jour, quand nous serons grandes, nous pourrons peut-être rentrer chez nous. Même si Lydia reste ici.

— Comment ferons-nous pour trouver le chemin ?

— On y arrivera bien. Il suffira de le vouloir suffisamment fort.

Elles restèrent un moment à bavarder à côté de

la bassine et se firent la promesse de retourner un jour dans leur village, dans celui que les Bandits avaient brûlé. Quoi qu'il arrive.

Quand elles arrivèrent à la case avec la bassine, Lydia était furieuse. Elle parlait fort et vite en désignant le balai et en rappelant à Sofia qu'une vraie femme ne le pose pas avant d'avoir terminé sa tâche. Sofia ne dit rien. Elle savait que les colères de Lydia ne duraient jamais très longtemps.

Mais ni Sofia ni Maria n'oublièrent la conversation qu'elles avaient eue à côté de la bassine.

Un jour elles retourneraient chez elles. Elles n'avaient pas le droit d'oublier cette promesse.

Ils avaient construit leur case et appartenaient maintenant à un nouveau village. Longtemps cependant, tout leur sembla étranger et inhabituel. Sofia se disait qu'il était difficile de vivre dans un endroit où les gens ne se connaissaient pas depuis toujours et ne parlaient pas la même langue. Au début, sa sœur et elle n'étaient pas à l'aise parmi les autres enfants. Elles avaient pourtant eu de la chance, car très rapidement elles étaient devenues amies avec un garçon qui s'appelait Lino et qui avait quelques années de plus qu'elles. Lino habitait non loin, sur la route poussiéreuse qui menait à la maison occupée par le prêtre blanc et deux religieuses. Lino, qui était grand et maigre, parlait la même langue que Sofia et Maria. Mais il louchait, si bien qu'il était capable de regarder Sofia et Maria en même temps.

Elles l'avaient découvert un jour devant leur case. C'était un dimanche et personne ne travaillait dans les champs. Lydia s'était absentée pour essayer d'échanger un panier qu'elle avait tressé en quelques soirées contre un morceau de savon. Maria et Sofia étaient restées seules pour garder Alfredo. Les vêtements du garçon étaient déchirés, comme ceux de tout le monde. Il ne portait qu'une chaussure, mais il en avait peint une deuxième sur son autre pied.

— Comment ça se fait que vous vous ressembliez autant? avait demandé Lino. Vous êtes le reflet l'une de l'autre.

Sofia aurait voulu répondre quelque chose, mais elle ne savait pas quoi dire.

— Et toi, comment ça se fait que tu peux regarder dans deux directions en même temps? avait-elle fini par répondre.

— C'est mon secret, avait répondu Lino.

Il avait expliqué comment il était arrivé là avec un oncle et une tante. Ses parents avaient été pris en otages par les Bandits qui avaient attaqué leur village. C'était vraiment très, très loin d'ici. Il ne savait même pas s'ils étaient encore en vie. Maria lui avait raconté leur histoire.

— Nous avons vu la mer, avait dit Sofia. As-tu vu la mer?

Lino avait fait non de la tête.

— Un jour je partirai de par le monde. Et je verrai deux fois plus de choses que n'importe qui.

Puis il leur avait parlé de l'école. Le prêtre blanc et les deux religieuses donnaient des cours aux enfants du village. Ils voulaient que tous les enfants viennent chaque jour à l'école pour apprendre à lire, écrire et compter.

— Nous n'avons pas d'argent, avait dit Sofia qui aurait bien voulu aller à l'école.

— Nous sommes obligées de travailler avec maman, avait précisé Maria.

— Il n'y a pas besoin d'argent. Vous croyez que j'en ai, moi ? Si c'était le cas, pourquoi je n'aurais qu'une seule chaussure ?

— De toute façon ça ne marchera pas, avait dit Maria. On est obligées de travailler. Sinon, comment ferions-nous pour manger ?

— L'école, c'est seulement l'après-midi, leur avait expliqué Lino. Trois heures par jour. Moi, je sais presque lire déjà.

Une fois Lino parti, elles s'étaient installées à l'ombre derrière la case.

— À mon avis, il n'a pas dit la vérité, avait continué Maria. L'école, ça ne peut pas être gratuit. Et tous nos vêtements sont déchirés. Je ne pense pas qu'on puisse aller à l'école si on n'est pas correctement habillé.

— L'essentiel c'est tout de même d'être propre,

avait fait remarquer Sofia. Je ne crois pas qu'il nous ait menti. Pourquoi l'aurait-il fait?

— Ça ne marchera quand même pas, avait insisté Maria. Il faut qu'on aide Lydia. Qui s'occupera d'Alfredo si on va à l'école? On ne pourra pas l'emmener.

— On pourrait peut-être y aller un jour sur deux, avait proposé Sofia d'une voix hésitante.

— Et apprendre une lettre sur deux? Et un chiffre sur deux?

Elles avaient continué ainsi à argumenter, oubliant complètement Alfredo. Jamais elles n'auraient osé rêver d'aller un jour à l'école. Il n'y en avait pas dans le village où elles avaient vécu avant avec Hapakatanda, Muazena, toute leur famille et tous leurs amis. Seul le secrétaire du village savait lire et écrire. Il était allé dans une école tenue par des missionnaires. C'était lui qui écrivait les lettres quand quelqu'un du village en avait besoin, c'était lui qui lisait les messages du gouverneur ou d'une autre personnalité.

Et s'il était vraiment possible d'aller à l'école? Alors, leur fuite n'aurait pas eu seulement de mauvais côtés, avait pensé Sofia. Il en résulterait quelque chose de bien, malgré tout.

Elle avait vu la mer.

Elle irait peut-être à l'école.

Ça ne pourrait jamais compenser la mort de Hapakatanda, de Muazena et de ses frères et sœurs.

Ça ne compenserait pas non plus l'absence de leurs chiens tués par les Bandits.

Mais il y aurait quand même quelque chose de bien.

Tout à coup, Maria s'exclama :

— Alfredo !

Lydia avait si peur du fleuve et Alfredo aurait pu s'y noyer ou se faire manger par un crocodile. Il fallait craindre aussi les morsures de serpents.

Elles se précipitèrent toutes les deux à sa recherche. En faisant le tour de la maison, elles furent rapidement rassurées. Il s'était endormi, blotti contre la cloison de la case. Le vent faisait virevolter la terre poussiéreuse autour de son visage et d'un geste de la main il chassa une mouche qui essayait de s'introduire dans son nez.

Ce soir-là, elles parlèrent avec Lydia.

Leur mère était rentrée tard dans l'après-midi, un savon à la main. Elles étaient descendues jusqu'au fleuve pour faire leur toilette. À tour de rôle, deux d'entre elles faisaient le guet pendant que la troisième se lavait. Quand ce fut son tour, Lydia descendit dans l'eau, à moitié nue, et se lava en chantant.

— On lui parlera ce soir, dit Maria. Quand elle chante, c'est qu'elle est de bonne humeur. Mais c'est toi qui lui poseras la question.

— Moi ? Mais c'est toi l'aînée !

— Tu t'exprimes mieux. Puisque je suis l'aînée, c'est moi qui décide. Tu demanderas à maman.

Au coucher du soleil, elles étaient installées devant leurs bols contenant la bouillie de maïs et les feuilles de salade. Elles mangeaient en silence avec leurs doigts. Maria regarda Sofia et fronça les sourcils. C'était le moment de commencer à parler. Maman Lydia ne restait jamais inactive plus longtemps qu'il ne fallait. Immédiatement après le repas, elle se mettrait aux préparatifs pour la nuit : elle déroulerait les fins tapis qui leur servaient de paillasses et sortirait les capulanas avec lesquelles ils se couvraient.

— Il y a une école ici, lança Sofia. Elle est gratuite. On y apprend à lire, à écrire et à compter. C'est seulement l'après-midi.

Lydia la regarda, surprise.

— Pourquoi me racontes-tu ça ?

Sofia ferma les yeux et prit son élan.

Pour trouver le courage de dire quelque chose de difficile, il faut se préparer comme pour faire un long saut.

— C'est parce qu'on voudrait bien aller à l'école, Maria et moi.

Lydia avala ce qu'elle avait dans la bouche, puis s'essuya les mains et répondit :

— Vous, vous n'avez pas besoin d'aller à l'école. Vous travaillez déjà beaucoup dans les champs. Je ne veux pas vous obliger à faire ce qui n'est pas indispensable.

— Mais c'est nous qui le voulons, dit Sofia.

Lydia jeta d'abord un regard étonné à Sofia, puis à Maria.

— Il n'est pas nécessaire de savoir lire et écrire pour nettoyer les champs, continua-t-elle. Ni de savoir calculer pour travailler la terre et semer les graines.

Sofia ne savait plus quoi dire. Comment faire comprendre à sa mère que c'était autre chose qu'elles cherchaient ? Pouvoir lire le texte d'une enseigne, pouvoir écrire son propre nom.

— Le prêtre blanc veut que tous les enfants aillent à l'école, finit-elle par dire. On ferait peut-être mieux de lui obéir.

Sofia savait que sa mère avait un grand respect pour les hommes blancs. Comme tous ceux qui avaient vécu dans leur ancien village. Quand un homme blanc ou une femme blanche se prononçait, il fallait toujours écouter attentivement. Sofia ignorait pourquoi c'était ainsi. Avant, c'étaient les Blancs qui dirigeaient leur pays. Mais plus maintenant. À sa connaissance, la seule personne qui ne s'était pas préoccupée de ce qu'ils disaient, c'était Muazena. Lorsque des Blancs étaient venus dans leur village, elle s'était enfermée dans sa case et n'en était plus sortie avant qu'ils ne soient repartis.

— Dans ce cas, bien sûr, vous irez à l'école, dit Lydia. Mais il faudra d'abord que je me mette à raccommoder vos vêtements. Je ne veux pas que mes filles soient moins bien habillées que les autres.

Maria et Sofia se penchèrent vers Lydia pour toucher ses bras solides. Cela voulait dire qu'elles éprouvaient une grande joie. Ce n'est que plus tard, après que Lydia se fut retirée pour préparer la nuit, qu'elles se retrouvèrent derrière la case. Elles se prirent par la main et se mirent à danser au rythme d'un tam-tam lointain.

Il faisait déjà sombre et elles avaient du mal à se distinguer dans le noir.

Mais ce n'est pas la peine de voir la joie pour la sentir ou la partager avec quelqu'un.

C'est la même chose pour le chagrin ou la douleur. Elles en avaient déjà fait l'expérience.

Il n'y avait rien qu'elles aimaient autant que la danse. Et la meilleure de toutes, c'était la danse de la joie. Personne ne leur avait appris à danser, elles l'avaient toujours su. Sofia était persuadée que ça avait commencé quand elle était trop petite pour marcher et qu'elle était attachée sur le dos de sa mère. Quand maman Lydia dansait avec les autres femmes, le mouvement et le rythme avaient imprégné son propre corps, sans le quitter depuis. Pour Maria c'était pareil.

Elles dansèrent jusqu'à ce que Lydia sorte de la case pour leur dire d'aller se coucher.

Plus tard, alors que Lydia et Alfredo s'étaient

endormis, elles restèrent longtemps éveillées à se parler à voix basse.

— Et suppose qu'on soit bêtes! avait dit Maria. Nous qui n'avons jamais rien fait d'autre que travailler la terre.

— On n'est sûrement pas plus bêtes que les autres, avait dit Sofia sur un ton qu'elle voulait rassurant.

Mais au fond d'elle-même, elle avait peur, elle aussi.

Tôt le lendemain matin, avant de partir travailler dans les champs, Maria et Sofia essayèrent d'arranger leurs vêtements avec l'aide de Lydia qui secouait la tête, l'air résigné.

— Il n'y a pas grand-chose à faire. Vous avez besoin de nouveaux vêtements toutes les deux. Il faudrait que je vende d'autres paniers.

Le jour suivant, Maria et Sofia se rendirent à l'école, main dans la main. Au fur et à mesure qu'elles s'en approchaient, elles ralentirent le pas.

C'était un bâtiment en ciment tout en longueur. Les lézards se faufilaient dans les fissures. Il n'y avait pas de fenêtres. Le toit en tôle était posé sur une haute travée en bois. Quand Lino les avait aperçues arrêtées sur la route, hésitant à avancer davantage, il s'était précipité à leur rencontre.

— Il faut que vous parliez à José-Maria.

— Qui est-ce? avait demandé Sofia.

— C'est le prêtre, avait répondu Lino, étonné.

Et il faut aussi parler avec Filomena, l'institutrice.

Il les avait accompagnées jusqu'au petit bureau à l'angle du bâtiment.

— Qu'est-ce qu'on doit faire maintenant ? avait demandé Sofia.

— Mais vous ne savez vraiment rien ! Vous frapperez à la porte et vous entrerez quand quelqu'un vous y invitera.

Puis il était reparti en courant. Des garçons jouaient au foot avec un ballon tressé en brins d'herbe.

— On rentre à la maison, avait dit Maria.

— Sûrement pas, avait répondu Sofia.

Elle frappa. Pas de réponse. Elle frappa de nouveau et la porte s'ouvrit. Dans l'embrasure se tenait l'homme blanc qui, un jour, les avait observées en leur souriant tristement. Son visage était en sueur et il avait remonté ses lunettes sur son front.

— On voudrait aller à l'école, dit Sofia.

L'homme blanc fit descendre ses lunettes sur son nez.

— Je me souviens de vous, dit-il. C'est étonnant comme vous vous ressemblez. Vous êtes jumelles ?

— Non, moi c'est Sofia. Et elle, c'est Maria. Une année nous sépare. C'est Maria l'aînée.

— Quel est votre nom de famille ?

— Alface*.

* Alface signifie salade.

L'homme blanc eut l'air surpris, puis éclata de rire.

— C'est un joli nom, dit-il. Sofia et Maria Alface. Êtes-vous déjà allées à l'école ?

Elles firent non de la tête.

— Bon, alors il faudra commencer dans la classe de Filomena. Je vous accompagne.

Ils se dirigèrent vers la salle située au fond du bâtiment. Le cours venait juste de commencer. L'institutrice, qui s'appelait Filomena, était jeune. Et elle était noire.

— Deux nouvelles, dit José-Maria. Sofia et Maria. Ça te fera combien d'élèves ?

— La dernière fois que je les ai comptés, il y en avait quatre-vingt-douze, dit Filomena. En les installant par quatre à chaque table, ça ira.

José-Maria secoua la tête.

— Il faudrait construire une école plus grande, dit-il. Mais où trouver l'argent ?

Puis il s'en alla. Sofia et Maria restaient les yeux baissés. Tous les autres enfants qui étaient dans la salle les regardaient.

— Êtes-vous jumelles ? demanda Filomena en leur souriant.

Sofia fit non de la tête. Sa bouche était tellement sèche qu'elle était incapable d'articuler un mot.

Filomena leur indiqua une table où étaient assises deux filles.

— Mettez-vous là, dit-elle. Nous n'avons ni livres,

ni papier, ni crayons. Nous n'avons même pas de craie pour le tableau noir, ça vous oblige donc à tout retenir. Asseyez-vous.

Et ce fut leur première journée d'école.

Ce soir-là, une fois couchée, Sofia n'arrivait pas à dormir. Elle sortit de la case sur la pointe des pieds et souffla sur la braise pour faire redémarrer le feu. D'invisibles grillons chantaient autour d'elle et au loin lui arrivait le son des tam-tams.

Elle plongea son regard dans le feu.

Elle eut l'impression d'y voir le visage de Muazena. Et celui de son père, Hapakatanda. C'était comme s'ils lui souriaient.

Elle resta ainsi un moment à regarder les flammes sans savoir si elle avait envie de rire ou de pleurer. Peut-être était-ce possible de faire les deux à la fois. Une sorte de rire triste ou de pleurs joyeux.

Le feu dansait dans le noir.

Sofia se dit que toutes ces journées qui s'étendaient devant elle et qui n'avaient pas encore été utilisées, celles que Muazena avait comparées aux plantes, seraient lumineuses.

La vie, ce n'est pas uniquement des monstres qui vous guettent dans l'obscurité. La vie, ça peut être beaucoup plus que ça !

Et elle s'en réjouissait.

Chapitre 4

Quelques jours après leurs débuts scolaires, Maria et Sofia apprirent par José-Maria qu'il y avait le soir une réunion pour les nouveaux arrivés au village. Il chargea les filles de prévenir Lydia que la présence de tout le monde était indispensable.

Maria eut peur.

— On n'a peut-être plus le droit de rester, dit-elle.

— Et pour quelle raison ? répliqua Sofia. Pourquoi nous auraient-ils autorisées à commencer l'école si on n'a pas le droit de rester au village ?

Elles en discutèrent tout le long du chemin en rentrant à la maison.

— Et s'il y avait des Bandits ici aussi ? dit Maria. Peut-être que tout le monde doit partir ?

Parfois Maria posait vraiment trop de questions.

Il n'y avait pas de raison que ce soit toujours elle, la cadette, qui ait réponse à tout.

— Je ne sais pas, dit Sofia. Ne m'en demande pas plus.

Le soir, au crépuscule, juste au moment où le soleil se couche sur le fleuve, ils se réunirent tous autour du puits au milieu du village.

José-Maria se percha sur une caisse en bois pour pouvoir être vu de tout le monde.

Alors, il leur parla des mines.

— Pour aller aux champs ou pour descendre au fleuve, il faut passer uniquement par les sentiers qui sont déjà tracés. Là, vous ne courez aucun danger. Ne prenez jamais de raccourcis. Il y a des mines enterrées. Nous ne savons pas où. Nous savons seulement qu'elles sont là.

— C'est quoi, une mine? demanda Maria.

Sofia lui fit signe de se taire.

— Je ne sais pas, dit-elle. Mais écoute au lieu de parler tout le temps.

— Les mines, ce sont des bombes enfouies sous la terre, poursuivit José-Maria. On ne peut pas les voir. Si on marche dessus, elles explosent. On peut perdre une jambe. Devenir aveugle. On peut même mourir. Suivez les sentiers. Ne prenez jamais de raccourcis, même si vous êtes très pressés.

Puis il vérifia que tout le monde avait bien compris et ils firent tous oui de la tête. Ils suivraient toujours les sentiers, ils ne prendraient jamais de raccourcis, même s'ils étaient très pressés.

En rentrant à la maison, Lydia continua à leur faire la leçon. Sofia se dit que c'était exactement comme s'il y avait des monstres sous la terre et que ces monstres les guettaient.

Comme des crocodiles souterrains. Des bêtes féroces sous la terre prêtes à planter leurs crocs dans vos jambes.

Inlassablement Lydia leur répétait de faire attention. Ensuite Maria se chargeait de le rappeler à Sofia. Et Sofia à Alfredo.

Toujours les sentiers. Jamais de raccourcis.

Ce soir-là, après avoir fini la bouillie de maïs, Sofia remarqua que la lune était pleine. Elle se souvint qu'elle l'était aussi le soir de leur arrivée au village. Cela faisait donc déjà un mois qu'ils étaient là.

Elle n'imaginait pas bien ce que ça représentait, un mois. C'était plus qu'un jour et plus qu'une semaine. Mais moins qu'un an. Elle ignorait depuis combien de lunes ils avaient quitté le village où étaient morts Hapakatanda, Muazena et tous les chiens.

C'est curieux, le temps. Il existe tout en n'existant pas.

Les journées étaient longues. En général Maria

et Sofia s'endormaient immédiatement après avoir terminé leur repas du soir et après avoir aidé Lydia à ranger. Elles se levaient avec le soleil. Lydia était déjà partie aux champs. Les deux sœurs aidaient Alfredo à s'habiller et lui donnaient à manger les restes du soir. Puis, pendant que Sofia nettoyait à l'intérieur et devant la case, Maria conduisait Alfredo chez une femme qui habitait à l'autre bout du village et qui était trop vieille pour travailler. C'était elle qui s'occupait de lui en attendant que Lydia revienne dans l'après-midi. Au champ, Sofia et Maria se dépêchaient d'enlever les mauvaises herbes et de bêcher jusqu'à ce que le soleil soit tout en haut dans le ciel. Alors elles mangeaient le repas préparé par Lydia et les autres femmes. Puis elles descendaient au fleuve se laver avant de se précipiter à l'école. Elles couraient aussi vite qu'elles pouvaient, en faisant bien attention de suivre le sentier. Elles avaient beau essayer de faire la course entre elles, elles arrivaient toujours en même temps. Sofia était plus rapide, mais Maria plus résistante.

Les journées étaient longues mais cela ne les empêchait pas de rester parfois éveillées à se parler à voix basse bien après que Lydia et Alfredo se furent endormis.

Un soir qu'elles étaient couchées les visages tournés l'un vers l'autre, Maria demanda à Sofia si elle se rappelait encore sa robe blanche.

Sofia s'en souvenait très bien. Papa Hapakatanda

l'avait rapportée de la ville proche de leur village. Il n'avait pas eu les moyens d'en acheter deux, mais il en avait promis une à Sofia aussi quand il aurait suffisamment d'argent ou qu'il aurait quelque chose à échanger.

Cette robe avait été oubliée la nuit où les Bandits s'étaient introduits dans le village.

— Il m'arrive de rêver qu'en me réveillant le matin je découvre que je l'ai encore avec moi, chuchota Maria.

— Je pense qu'elle a brûlé, répondit Sofia. Mais je t'en achèterai une autre quand j'aurai de l'argent.

— Et tu le trouveras où, cet argent ? Puisque même Lydia n'en a pas. Tu oublies que nous sommes pauvres.

— Je trouverai un moyen.

— Tu ne pourras pas.

— Je te le promets.

Longtemps après que sa sœur se fut endormie, Sofia réfléchit sur ce qu'elles venaient de se dire. Comment pourrait-elle se procurer une robe blanche pour Maria ? Elle l'avait promise à sa sœur qui n'était pas près de l'oublier. Il fallait à tout prix qu'elle tienne sa promesse, d'une manière ou d'une autre.

En même temps ça l'agaçait.

Ce n'était pas la première fois qu'elle promettait quelque chose à Maria. Trop de choses.

Et ce temps qui à la fois existe et n'existe pas continuait à avancer. La lune était de nouveau pleine. La chaleur devenait de plus en plus forte. L'eau du fleuve baissait. Bientôt les pluies seraient là.

Un jour qu'il n'y avait pas d'école et que Maria restait couchée parce qu'elle avait mal au ventre, Sofia partit à la découverte des environs. Les cases étaient éparpillées sur une grande superficie et jusque-là, elle n'avait vu qu'une petite partie du village.

En arrivant à l'autre bout, elle vit un homme installé devant sa case en train de raccommoder des vêtements. Il avait une machine à coudre noire qu'il faisait fonctionner avec ses pieds. Sofia avait déjà vu une machine comme celle-là, à l'endroit où elle vivait auparavant. Elle appartenait à un Indien qui, pendant une brève période, avait essayé de subvenir à ses besoins en confectionnant des vêtements pour les villageois. Elle l'avait trouvé un jour assis à l'ombre d'un arbre, il cousait sur sa machine étonnante. Tous les enfants du village s'étaient réunis autour de l'Indien pour les observer avec de grands yeux, lui et son engin. Sofia n'avait alors que cinq ou six ans, mais elle s'en souvenait très bien, et elle s'était dit qu'elle aimerait bien apprendre à coudre quand elle serait grande.

L'Indien avait quitté le village peu après, emportant sa machine avec lui. Les villageois étaient bien trop pauvres pour lui commander des vêtements.

Sofia avait encore en mémoire la tristesse qu'elle avait ressentie en le voyant s'en aller, la machine attachée sur son dos.

Et voilà encore une machine à coudre.

Pareille à celle de l'Indien.

Elle resta un moment à regarder l'homme actionner la pédale avec ses pieds.

Il leva les yeux et la découvrit. Sofia baissa les siens et pensa qu'il valait mieux qu'elle s'en aille.

Mais l'homme lui sourit et lui fit un signe de tête. Elle s'approcha prudemment.

Son nom était Antonio, mais on l'appelait Totio. Il était vieux et édenté. Sa femme, Fernanda, se tenait derrière lui, à l'intérieur de la case. Leurs enfants étaient adultes et avaient maintenant leurs propres familles. Un jour Totio et Fernanda s'étaient enfuis eux aussi à cause des Bandits. Ils avaient tout abandonné, sauf la machine à coudre.

L'homme raconta son histoire à Sofia en poursuivant son travail. Il était en train de repriser un pantalon noir.

Fernanda quitta la case pour s'installer à l'ombre sur une natte en raphia. Elle était grosse et soupirait à cause de la chaleur.

— Qui es-tu? cria-t-elle à Sofia de son tapis. Si tu as de l'argent, Totio pourra fabriquer tout ce que tu veux. Si tu as vraiment beaucoup d'argent il te fera des ailes.

— Elle dit des bêtises, commenta Totio en riant. Je suis incapable de coudre des ailes.

Il lui fit un clin d'œil et s'essuya le front.

— As-tu un nom? demanda-t-il.

— Je m'appelle Sofia.

Il continua de lui poser des questions sur son identité et son origine, mais sans jamais se détourner de son travail. Sofia répondit aussi bien qu'elle put. De son tapis, Fernanda intervenait de temps en temps. Puis elle s'endormit et se mit à ronfler.

— J'ai une bonne épouse, dit Totio, mais parfois elle parle trop. C'est tout de même une bonne épouse.

— J'aimerais savoir coudre, dit Sofia.

Totio sourit.

— Oui, pourquoi pas?

Il avait terminé le pantalon. Il vérifia que son travail était bien fait et le posa délicatement sur le bord de la table.

Puis il caressa sa machine.

— Tu as bien travaillé, Xio.

Sofia le regarda avec surprise.

— Eh oui, une machine à coudre peut bien avoir un nom! D'ailleurs, dis-moi pourquoi tu aimerais savoir coudre.

— Je voudrais faire une robe blanche pour ma sœur Maria, expliqua-t-elle.

La réponse était venue spontanément, sans qu'elle ait eu le temps de réfléchir.

Puis elle se dit qu'elle devait peut-être lui expliquer la raison de son souhait. Elle raconta à Totio la nuit de la mort de Hapakatanda. Elle lui parla de leur père qui était rentré de la ville en rapportant la robe blanche pour Maria.

Une fois son histoire terminée, Totio hocha la tête, l'air pensif.

— Oui, c'est bien ça, dit-il. Ils ont tué, brûlé et pillé. Mais personne n'a pensé que les Bandits avaient aussi volé la robe blanche d'une petite fille qui s'appelle Maria.

— Je lui ai promis une robe, dit Sofia.

— Si tu m'apportes le tissu je te montrerai comment faire. Si tu trouves un beau morceau de tissu et le fil nécessaire, je t'apprendrai à coudre. D'abord à la main. Et, si tu te débrouilles bien, je te prêterai la machine.

Sofia n'en croyait pas ses oreilles. Elle aurait même le droit d'utiliser la machine à coudre?

Mais comment se procurer le tissu?

Fernanda se réveilla.

— Allez, retourne chez toi maintenant, dit Totio. Je n'ai plus le temps de bavarder avec toi. Reviens quand tu auras le tissu et le fil.

Sofia rebroussa chemin, mais seulement après avoir suivi l'un des sentiers qui descendaient en lacet vers le fleuve. Il y avait un petit monticule où elle avait l'habitude de s'asseoir avec Maria pour essayer d'apercevoir les crocodiles. C'était suffisamment éloigné de l'eau pour qu'il n'y ait pas de risque de se faire happer par l'un d'entre eux. Mais ce jour-là, ce n'étaient pas les crocodiles qui la préoccupaient, c'était comment trouver un tissu pour Maria. Elle n'avait pas d'argent, pas plus que Lydia.

Alors elle se rappela ces draps fraîchement lavés qu'elle avait souvent vus étendus à sécher devant la maison de José-Maria. Et si elle lui en demandait un ? Mais elle chassa immédiatement cette pensée de sa tête. Jamais elle n'oserait poser une question pareille. José-Maria se mettrait sans doute en colère, si elle mendiait. Peut-être les chasserait-il du village.

Sofia s'attarda longtemps près du fleuve. La nuit commençait à tomber quand elle se décida enfin à rentrer. Elle trouva Lydia devant la case et elle vit qu'elle était fâchée.

— Où as-tu donc passé toute la journée ? demanda sa mère d'une voix dure.

Sofia baissa les yeux.

— Nulle part, dit-elle.

— Nulle part, reprit Lydia. Mais moi j'ai cru que tu étais tombée dans le fleuve. Ou que tu t'étais perdue. Ta sœur est malade, tu ferais bien mieux de rester à la maison !

— Je vais bien maintenant, maman, cria Maria de l'intérieur de la case.

— Va chercher de l'eau, dit Lydia. Dépêche-toi. Il fera bientôt complètement nuit.

Sofia eut du mal à s'endormir ce soir-là. Elle pensait à Totio. À ce tissu blanc qu'elle n'arriverait jamais à trouver. À la promesse qu'elle avait faite à Maria.

Elle pensait surtout aux draps blancs.

Elle les voyait souvent étendus à l'aube, ce qui signifiait qu'on ne les avait pas ramassés pour la nuit.

José-Maria avait plein de draps. S'il en manquait un, il ne s'en apercevrait certainement pas. José-Maria n'avait sûrement pas pensé à les compter. Il avait bien trop de choses en tête.

Sofia écarquilla les yeux dans le noir.

Quelle était cette idée qui lui traversait l'esprit?

Voler un drap? Avait-elle l'intention de faire une robe dans un tissu volé?

Voulait-elle que Maria porte des vêtements offerts par un voleur?

Elle se ramassa sur elle-même. Ses pensées l'effrayaient.

«Je ne peux pas voler un des draps de José-Maria, se dit-elle. Il y a forcément une autre solution.»

Mais Sofia n'en trouva pas d'autre. Et le matin, en partant pour les champs avec Maria, elle les vit au loin, ces draps blancs qui flottaient devant la maison de José-Maria dans le petit vent matinal.

Quand la lune fut de nouveau pleine, Sofia sut qu'elle ne pouvait plus attendre. Une nuit, alors que tout le monde dormait, elle se leva doucement, repoussa le raphia accroché devant l'ouverture de la case et sortit dans l'obscurité. Elle retint son souffle et écouta. Tout était silencieux. À part le léger bruissement provoqué par le passage d'un rat et le gémissement d'un petit enfant dans son sommeil.

Elle sentit une grande frayeur s'emparer d'elle. Et si quelqu'un la voyait ! Qu'est-ce qui se passerait ?

« Je retourne me coucher, se dit-elle. Je ne peux pas faire ça ! Même si je ne fais qu'emprunter un drap pour le transformer en robe pour Maria, j'aurai beau faire, il appartiendra toujours à José-Maria. »

Mais elle savait que la promesse qu'elle avait faite à Maria était plus importante que tout. Elle se mit à courir dans le noir. Elle passa devant les cases sombres, devant les nombreux feux dont la braise était encore un peu rouge.

Elle vit les draps. Ils ressemblaient à des esprits tourmentés dans la lueur de la lune. Elle s'immobilisa et tendit l'oreille.

« Je n'oserai pas, pensa-t-elle. Non, je n'oserai pas. »

Puis, sur la pointe des pieds, elle avança rapidement jusqu'au fil, décrocha un drap, rapprocha les deux autres pour combler le vide et s'en alla en courant.

Soudain elle eut l'impression que tous les villageois étaient réveillés. Elle les imaginait derrière les cloisons ajourées de leurs cases, la guettant et découvrant que c'était elle, Sofia, la fille de Lydia, la sœur de Maria, la voleuse qui avait pris un des draps de José-Maria.

Elle ne s'arrêta de courir qu'en atteignant leur case et là, elle fut obligée de se pencher en avant pour retrouver son souffle.

Il y avait un arbre creux devant le foyer fait de quelques anneaux de fer et de blocs de ciment fissurés. Elle fourra le drap dans le trou et le reboucha avec de la terre.

Puis elle écarta doucement le rideau de raphia de la case, se faufila à l'intérieur et s'allongea sur sa paillasse.

Soudain elle entendit la voix de Maria :

— Qu'est-ce que tu fais?

Sofia crut que son cœur allait cesser de battre. Maria avait peut-être été réveillée pendant toute la durée de son absence?

— J'avais seulement besoin de faire pipi, répondit-elle.

Mais Maria s'était déjà rendormie.

Sofia resta éveillée jusqu'à l'aube. À plusieurs reprises, elle faillit se lever pour aller remettre le drap sur le fil. Mais au lever du jour, à l'heure où Lydia quittait la case, celui-ci se trouvait encore dans l'arbre creux. Sofia avait attendu que Lydia soit partie pour récupérer le drap avant que Maria ne se réveille. Elle l'enroula ensuite autour de son corps, avant de revêtir sa capulana.

Quelques semaines plus tard, c'étaient les vacances à l'école. José-Maria ne s'était toujours pas plaint d'avoir perdu un drap, mais chaque fois que Sofia le croisait, elle avait peur. Elle avait mauvaise conscience et regrettait ce qu'elle avait fait.

« Ce sera toujours son drap, se dit-elle, même transformé en robe portée par Maria. »

Quand elle se rendit chez Totio, elle craignit qu'il lui pose des questions sur la manière dont elle s'était procuré le drap. Mais celui-ci examina le tissu sans rien dire et hocha la tête avec satisfaction.

— Je n'ai pas de fil, dit Sofia.

— Je t'en donnerai. Le plus important c'est le tissu.

Au cours de cette semaine-là, Sofia confectionna une robe pour Maria avec l'aide de Totio. Elle n'eut pas le droit de faire marcher elle-même la machine, mais Totio lui assura qu'un jour elle pourrait s'en servir.

— J'en ai discuté avec Xio, expliqua-t-il en

désignant la machine. Il pense que vous arriverez à vous entendre.

— C'est donc un «il», la machine? demanda Sofia.

— Oui, je crois, répondit Totio, étonné par sa question. Visiblement ça ne lui était jamais venu à l'idée que sa machine pouvait être du féminin.

— Quoi qu'il en soit, il ne s'est jamais opposé à son nom, ajouta-t-il. Et «Xio» n'est pas le nom d'une femme.

Quand Maria lui demanda comment elle occupait ses après-midi, Sofia répondit que c'était un secret.

— Ça a un rapport avec toi, dit-elle, mais ne me pose pas d'autres questions.

La robe était terminée. Elle était très belle. Sofia avait hâte de la voir sur Maria.

Mais il restait un problème difficile à résoudre. Comment expliquer où elle avait trouvé les fournitures? Comment faire croire à Lydia qu'elle disait la vérité?

Elle était là à réfléchir, la robe dans ses bras, quand elle finit par se dire qu'elle n'avait qu'une seule solution : demander à Totio de l'aider.

— Maman va sûrement me demander d'où vient le tissu. En fait, j'ai trouvé un billet par terre, et au lieu de le lui donner, j'ai acheté ce tissu. Je suis sûre qu'elle va être fâchée contre moi.

Totio lui sourit et Sofia constata que c'était vraiment très facile de mentir. Cela lui fit de la peine.

— Je lui dirai que c'est moi qui te l'ai donné, la rassura-t-il. Ne t'inquiète pas.

Ce soir-là, quand elles furent en haut de la petite colline au bord du fleuve, Sofia offrit à Maria son cadeau. Sofia ne voulait pas que Lydia voie la robe. Pas avant que sa sœur ne l'ait essayée.

Maria n'en croyait pas ses yeux. Elle enfila la robe. Elle lui allait parfaitement. Sofia avait utilisé ses propres mensurations en les agrandissant un peu.

— Je l'ai cousue moi-même, dit-elle. C'était ça, le secret. J'ai eu le tissu par un vieux monsieur qui a une machine à coudre. Il s'appelle Totio. Tu te souviens de l'Indien qui travaillait avec sa machine à coudre sous l'arbre ? Totio a exactement la même.

Sofia vit la joie de Maria qui n'avait qu'une hâte : se précipiter à la maison pour montrer la robe à Lydia.

— Attends demain, dit Sofia, puisque c'est dimanche. Ce sera une surprise pour elle aussi.

Lydia fut aussi étonnée que Maria. Au grand soulagement de Sofia, elle accepta son explication. Dès le lendemain, elle alla trouver Totio pour le remercier d'avoir aidé sa fille à coudre la robe.

Sofia attendait le retour de Lydia avec inquiétude. Mais celle-ci était tout sourire en revenant.

— Totio m'a dit que tu travaillais bien.

— J'aimerais vraiment apprendre à coudre, dit Sofia.

Petit à petit, Sofia oublia le drap de José-Maria qui avait servi à faire la robe de sa sœur. Maria la portait tous les jours. Même quand elle travaillait dans les champs. Elle remontait alors la jupe et s'enveloppait de sa capulana comme d'habitude.

La lune fut de nouveau pleine.

Tous les matins, Sofia et Maria couraient retrouver les femmes dans les champs. Il serait bientôt temps de récolter le maïs. Il était déjà haut.

Les deux sœurs s'amusaient en courant. Elles sautaient à pieds joints, cherchaient à éviter les cailloux sur le sentier et jouaient continuellement.

Un matin, alors que la terre rouge du sentier était encore humide après une nuit de pluie, Sofia eut l'idée de fermer les yeux en courant. Elle proposa à sa sœur de faire ça à tour de rôle. Pour s'assurer que c'était vraiment possible, elle décida d'essayer d'abord elle-même. Elle fit ainsi quelques mètres, les yeux fermés. Maria la suivait de près.

Ce n'était pas difficile. Elle essaya encore. Puis une dernière fois, avant de laisser Maria entrer dans le jeu.

Peut-être parce que la terre était humide, elle trébucha et fit quelques pas en dehors du sentier. Elle ouvrit les yeux et constata qu'elle s'était écartée du chemin. Maria était juste à côté d'elle. Son jeu était peut-être plus difficile qu'elle ne l'avait cru, après tout.

— Que fais-tu ? demanda Maria qui, elle, était restée sur le sentier juste à côté de Sofia.

— Rien, répondit Sofia. Je joue.

Elle sauta à cloche-pied sur la jambe gauche.

Puis elle posa son pied droit pour revenir sur le sentier.

Alors la terre se déchira.

Chapitre 5

Suivit un grand silence.

Sofia avait l'impression d'être couchée dans une fourmilière. Des milliers de petites bêtes enragées s'attaquaient à son corps. Il y en avait même à l'intérieur d'elle : dans son estomac, dans sa tête, dans ses jambes. Comme elle était étendue sur le côté, elle avait du mal à voir ce qui se passait autour d'elle. La douleur était d'une telle violence qu'elle n'arrivait même pas à crier. Maria se trouvait quelques mètres plus loin. Elle était allongée à plat ventre, à moitié cachée par les broussailles. Sofia se fit la réflexion que la robe blanche, celle qui avait fait tellement plaisir à sa sœur, était fichue. Il n'en restait plus que quelques lambeaux accrochés encore autour de sa taille. Ils n'étaient même plus blancs. Ils étaient rouges. Sofia savait que c'était du sang.

Elle essaya de crier, d'appeler Maria, d'appeler Lydia, sa mère. Puis ce fut comme si elle tombait. Les fourmis rongeaient et dévoraient son corps. Elle sombra dans une obscurité sans fin.

José-Maria avait une tasse de café à la main et s'apprêtait à la porter à sa bouche lorsqu'il entendit une explosion violente. Immédiatement il sut ce qui se passait. Quelqu'un avait marché sur une mine. La peur lui convulsa le visage. Il se débarrassa de la tasse sans prendre le temps de la poser sur une table, ouvrit la porte et se mit à courir en direction du bruit. C'était quelque part près du fleuve, à la hauteur des champs situés au bout du village.

La chaleur était déjà forte, bien qu'il fût à peine six heures. Tout en courant, José-Maria cria aux gens qui se trouvaient sur son chemin d'aller chercher Ruth, la religieuse, qui était infirmière. Il déploya toutes ses forces pour ne pas perdre un instant. Son cœur cognait dans sa poitrine et il éprouvait une terrible appréhension.

Il n'était pas le premier sur place. Les femmes avaient déjà abandonné leurs champs et étaient accourues. Leurs cris s'entendaient de loin.

« C'est sûrement l'une d'elles, pensa-t-il. Mais pourquoi auraient-elles quitté le sentier ? Elles savent très bien qu'il y a des mines. »

Il était presque en colère.

Dès qu'il arriva, plusieurs femmes l'attrapèrent

par le bras et s'efforcèrent de lui expliquer ce qui s'était passé. Mais il ne comprenait pas ce qu'elles disaient. Il les repoussa et se fraya un chemin parmi elles. L'épouvante le figea sur place.

Ce qu'il vit le fit fondre en larmes. C'étaient ces deux petites filles qui se ressemblaient tant, ces deux petites filles qui s'appelaient Sofia et Maria. Il se pencha sur celle qui était allongée sur le sentier. C'était peut-être Sofia, il n'en était pas certain. Il écarta ses bras de désespoir et tomba à genoux.

Devant lui gisait une forme ensanglantée qui n'avait plus grand-chose à voir avec un enfant. Ce n'étaient que sang, membres déchiquetés et vêtements déchirés.

Mais il remarqua qu'elle respirait. Il ordonna aux femmes de se taire et d'aller chercher la mère des filles. Il y avait aussi quelques hommes qui s'étaient joints au groupe.

— Où est sœur Ruth? cria-t-il. Enlevez vos chemises, allez chercher des branches et faites-en des brancards.

Puis, toujours à genoux, il avança vers l'autre petite fille couchée à plat ventre. Il chercha son pouls.

«Elle est sûrement morte! se dit-il. Mon Dieu, c'est trop pour moi, je ne tiendrai pas le coup.»

Il finit par sentir les battements, extrêmement faibles.

Au même moment, il entendit la voix de sœur Ruth qui arrivait en courant avec sa sacoche.

— Elles sont en vie, cria José-Maria.

Il se remit debout sur ses jambes qui le portaient à peine, pendant que Ruth se penchait sur les filles et les examinait l'une après l'autre. Avec rapidité et précision, elle fit un pansement compressif, d'abord à Sofia, puis à Maria. Une des femmes l'assistait.

Un homme effleura l'épaule de José-Maria pour le prévenir que la mère des filles courait vers eux. Sans avoir encore vu la scène, elle poussait des cris à vous transpercer le cœur.

— Comment s'appelle-t-elle ? demanda-t-il. A-t-elle un mari ?

— Son nom, c'est Lydia, répondit un des hommes. Son mari a été tué par les Bandits.

— Il ne faut pas qu'elle voie ça, dit José-Maria.

Il s'avança vers les femmes qui s'approchaient en courant et essaya d'arrêter Lydia qui se dégagea aussitôt. Plusieurs hommes firent bloc pour l'empêcher de passer. Mais c'était trop tard.

Lydia avait déjà vu ses filles allongées sur le sentier.

Ses cris cessèrent.

Puis un hurlement s'échappa d'elle.

José-Maria ne parviendrait jamais à l'oublier.

Le hurlement de détresse de Lydia allait l'accompagner jusqu'à la fin de sa vie.

Les brancards de fortune étaient prêts. Ruth ne

pouvait plus rien faire et les hommes commencèrent à soulever Maria avec d'infinies précautions. Le seul bruit qu'ils percevaient était un faible gémissement. Quelqu'un recouvrit délicatement la petite fille d'une capulana, et ils se mirent à la porter vers la route où un camion les attendait.

Ce fut ensuite le tour de Sofia d'être soulevée et posée sur le deuxième brancard.

Son pied gauche se détacha et retomba sur le sentier. Ruth le prit entre ses mains et le posa délicatement sur le brancard. José-Maria se détourna pour vomir.

Quand ils arrivèrent à l'hôpital de la ville, José-Maria était déjà persuadé que c'était trop tard.

— Elles sont mortes, dit-il.

Sœur Ruth fit non de la tête.

— Non, elles sont en vie, répondit-elle. Elles respirent encore.

— Tu crois qu'elles vont s'en sortir?

— Il faut garder l'espoir.

José-Maria hocha la tête. Ses pensées allèrent à leur mère, Lydia, qui était restée avec les autres femmes.

Un sentiment qu'il n'avait jamais ressenti auparavant monta en lui. C'était un mélange de désespoir et de colère.

Il était prêtre. Il avait foi en Dieu. Il croyait en un Dieu qui avait créé le monde, les animaux, les hommes, les mers, le soleil, la lune et les étoiles. Un Dieu qui était bon.

Comment était-il possible qu'une chose pareille puisse arriver? Comment deux petites filles pauvres pouvaient-elles se trouver là, à l'aube d'une journée, déchiquetées par une mine souterraine?

Ruth saisit sa main et secoua doucement la tête, comme si elle lisait en lui.

On plaça Sofia et Maria sur de vrais brancards appartenant à l'hôpital. José-Maria savait que l'établissement était pauvre et qu'il manquait de tout. Il n'y avait même pas assez de draps pour tous les lits. Mais les infirmières et les médecins étaient compétents.

Une des infirmières se nommait Céleste, une autre Martha. De nombreuses fois déjà, elles avaient vu des gens touchés par des mines arriver à l'hôpital.

Cette fois-ci, c'étaient Sofia et Maria.

— Je sais qu'il ne faut pas penser comme ça, dit Martha, mais je crois que, pour ces enfants, il aurait mieux valu qu'elles n'aient pas survécu.

— Je pense qu'elles ne vivront pas longtemps, répondit Céleste. Pas avec des blessures comme ça.

À ce moment-là arriva un médecin qui s'appelait Raul. Il n'avait pas entendu les paroles des deux infirmières. Il était jeune et éprouvait la même colère que José-Maria quand il voyait les ravages que faisaient les mines sur la population.

Il examina Sofia et Maria chacune leur tour.

Même si les blessures de Maria étaient moins

spectaculaires, il réalisa tout de suite que c'était elle la plus sévèrement touchée. L'onde de choc avait provoqué de nombreuses lésions. Elle souffrait d'une hémorragie interne. L'autre petite fille avait perdu un pied et elle avait des plaies ouvertes aux jambes et au ventre.

Les deux sœurs furent transportées en salle d'opération. Ruth était repartie s'occuper de leur mère. Le médecin se tourna vers José-Maria.

— Que s'est-il passé? demanda le docteur Raul.

José-Maria haussa les épaules.

— Elles savaient qu'il ne fallait pas s'écarter du sentier, dit-il. Et pourtant... c'est arrivé.

— Ça continuera à arriver tant qu'il y aura des mines, répondit le docteur Raul.

Il ne fit aucun effort pour dissimuler sa colère.

— Croyez-vous qu'elles vont s'en sortir? demanda José-Maria.

Le docteur Raul réfléchit un instant avant de répondre.

— Je ne sais pas. Probablement pas.

— Aucune des deux?

— Peut-être celle qui a perdu un pied. L'autre petite fille a de graves lésions internes.

Le docteur Raul, assisté par une équipe de plusieurs chirurgiens, opéra pendant de nombreuses heures.

Une fois leur travail terminé, ils étaient tous

épuisés et en sueur. Et ils savaient qu'il n'y avait plus qu'une seule chose à faire : attendre.

Maria et Sofia étaient couchées dans des lits l'une à côté de l'autre. Il n'y avait pas un seul bruit dans la chambre. Une infirmière était assise sur une chaise devant la fenêtre. Une nouvelle journée commençait et le soleil était en train de se hisser au-dessus de l'horizon et des toits des maisons de la ville.

Deux médecins entrèrent dans la chambre.

Sofia dormait. Mais elle était quand même consciente de ce qui se passait autour d'elle. Elle entendait deux hommes se parler. Était-ce son père qui était venu ? Non, il était mort, c'était forcément quelqu'un d'autre. Ou bien, avait-elle tout rêvé ? Les monstres qui étaient venus cette nuit-là n'avaient peut-être jamais existé ?

Elle ne savait pas. Dans son sommeil elle entendait les deux hommes se parler tout bas.

— Maria n'y arrivera certainement pas, dit l'une des voix. Ses blessures sont trop importantes. Il n'y a pas moyen d'enrayer l'infection.

— Elle est forte, dit l'autre voix. Elles sont fortes, toutes les deux.

— Il faut attendre. Il n'y a rien d'autre à faire.

Les voix s'estompèrent et les pas s'éloignèrent. Au fond de l'obscurité, Sofia cherchait à comprendre ce qu'elle venait d'entendre. Mais la douleur qui revenait par intermittence l'emporta sur les vagues d'une mer souterraine.

À l'intérieur d'elle brûlait comme un feu. Pourquoi avait-elle si mal ? Que s'était-il passé ? Elle se rappelait être partie avec Maria dans les champs pour travailler, puis plus rien. Maria était vêtue de sa robe blanche. Sofia s'était mise en colère à cause de ça, parce qu'elle risquait de la salir dans les champs. Elle se souvenait qu'elles avaient couru et qu'elles s'étaient bousculées.

Puis plus rien.

Elle était ballottée sur une mer sombre et les feux continuaient à brûler dans son corps.

Elle eut l'impression d'entendre Maria l'appeler. Mais elle ne la voyait pas. Elle tendit l'oreille tout en voguant sur l'eau. C'était très distinct à présent. Oui, c'était bien Maria qui l'appelait.

Soudain elle remonta à la surface de sa conscience. Les feux brûlaient toujours. Elle avait très mal, mais elle ouvrit les yeux. Elle ne comprenait pas du tout où elle était et ne reconnaissait pas la chambre. Il y avait de grands murs blancs et nus. Ça ne pouvait pas être leur case. Une faible lumière entrait par l'ouverture d'une porte. Elle tourna la tête, tout doucement, car chaque mouvement provoquait une douleur intense, et vit une femme en blanc assise sur une chaise devant la fenêtre. Elle avait le menton appuyé sur la poitrine.

C'était une infirmière, ça se voyait à la petite coiffe blanche qu'elle portait sur la tête. Elle dormait. Sofia tourna la tête de l'autre côté. Tout près d'elle, il y avait un autre lit dans lequel était couchée Maria. La lumière de la porte éclairait son visage blême.

Soudain, Maria ouvrit les yeux et la regarda.

— Je veux rentrer, Sofia, dit-elle. J'ai si mal.

Sofia tendit son bras malgré la douleur lancinante, c'était comme si elle avait reçu des coups de couteau. Mais il fallait qu'elle le fasse. Sinon Maria se lèverait pour partir et elle serait toute seule. À part la femme endormie devant la fenêtre, elle serait ainsi le dernier être humain sur la terre.

Elle toucha Maria de sa main.

— J'ai si mal, dit Maria. Je veux rentrer à la maison.

— C'est la nuit, expliqua Sofia. Nous rentrerons demain.

Mais Maria se redressa dans son lit.

— Je rentre maintenant, dit-elle.

Elle s'allongea de nouveau, regarda Sofia et referma les yeux.

À cet instant, Sofia sut que Maria était en train de mourir. Sa main tressaillit. C'était fini.

Sofia poussa un cri.

La femme devant la fenêtre se réveilla. Elle se leva pour allumer la lumière et vint d'abord voir Sofia. Puis Maria.

Elle essaya d'ouvrir la main de Sofia pour qu'elle lâche sa sœur, en vain.

Sofia sombra dans le noir. Elle savait que Maria y était, quelque part.

Il y aurait bientôt une nouvelle journée.

Tout serait alors comme avant. Elles allaient courir vers le champ où se trouvait déjà Lydia, accroupie en train de travailler la terre avec sa binette.

Puis ce serait l'après-midi et elles allaient partir à l'école.

Tout serait comme d'habitude.

Si seulement ces feux qui brûlaient dans son corps pouvaient s'éteindre.

Elle ne vit pas les gens en blanc entrer dans la chambre. Elle ne vit pas le docteur Raul rester immobile devant le lit de Maria et secouer la tête en signe d'impuissance.

Elle ne les vit pas soulever Maria pour la placer sur un brancard, puis l'emporter.

Elle ne les vit pas la recouvrir d'un drap tout propre qui n'avait jamais servi.

Un drap que le docteur Raul avait apporté de chez lui. Il ne voulait pas que Maria soit recouverte de morceaux de tissu sales et déchirés.

Quand Sofia se réveilla de nouveau, il faisait déjà jour et le soleil brillait par la fenêtre. Elle entendit le bruit des voitures.

Puis elle s'aperçut que Maria n'était plus là. Son lit était vide.

Elle avait de vagues souvenirs de ce qui s'était passé au cours de la nuit.

« Maria est rentrée, pensa-t-elle. Elle m'a laissée ici. Toute seule. Pourquoi m'a-t-elle abandonnée ? »

Une infirmière entra dans la chambre.

— Où est Maria ? lui demanda Sofia.

— Maria est morte, répondit l'infirmière.

Sofia fit non de la tête.

— Elle est rentrée à la maison, dit-elle. Elle n'est pas morte.

À ce moment-là, le docteur Raul arriva. Sofia ne connaissait pas son nom. Il avait l'air gentil, mais son visage était marqué par la fatigue.

— Où est Maria ? demanda Sofia.

Le docteur s'accroupit à côté de son lit.

— Ta sœur était très fatiguée, dit-il. Ses blessures étaient tellement graves qu'elle voulait seulement dormir. C'est ce qu'elle fait maintenant. Elle n'a plus mal. Je pense que nous devons être heureux pour elle. Même si nous sommes tristes parce qu'elle n'est plus avec nous. Elle avait tellement mal, Sofia. C'est pour ça que Maria est morte.

Sofia le regarda droit dans les yeux.

Il caressa doucement son front.

— Ta mère Lydia est ici, dit-il. Je vais aller la chercher.

Le docteur Raul quitta la chambre et referma la

porte derrière lui. Lydia, accablée de chagrin, était assise par terre dans le couloir.

José-Maria se tenait à côté d'elle. Le docteur Raul s'agenouilla devant Lydia.

— Il faut que tu penses à Sofia à présent, dit-il. Va la voir. Mais ne pleure pas, ne crie pas. N'oublie pas que Sofia est très malade.

Lydia acquiesça. José-Maria dut l'aider à se relever et la soutenir pour entrer dans la chambre de Sofia.

Ils ne parlaient pas. José-Maria se tenait au fond de la pièce et il voyait Lydia passer ses deux mains sur Sofia qui ne quittait pas le visage de sa mère des yeux.

Lydia sortit ensuite de la chambre. Arrivée dans le couloir, elle s'évanouit.

Deux jours plus tard, les chirurgiens amputèrent la jambe droite de Sofia, juste au-dessus du genou. Ils n'avaient pas le choix. Ils espéraient encore pouvoir lui sauver l'autre jambe, pourtant très abîmée elle aussi.

Quatre jours plus tard, le docteur Raul comprit que c'était impossible. Le lendemain, il l'amputa juste au-dessous du genou.

Sofia ignorait encore qu'elle n'avait plus de jambes.

La nuit qui suivit la deuxième opération, elle flottait de nouveau à la surface de la mer souterraine.

Les feux brûlaient encore à l'intérieur d'elle. Deux infirmières entrèrent dans sa chambre. Elle entendit leurs pas, sentit qu'elles soulevaient le drap et palpaient son corps.

Puis elle les entendit parler entre elles.

— Je pense que le mieux pour elle serait de mourir, comme sa sœur, dit une des voix.

— Oui, sinon, quelle va être sa vie ? continua l'autre voix.

Puis elles se turent. Leurs pas s'éloignèrent, la porte claqua.

Sofia ouvrit les yeux.

Était-ce bien d'elle qu'elles avaient parlé ? Pour quelle raison valait-il mieux qu'elle meure, elle aussi ? Ce n'était pas suffisant que Maria soit morte ?

Son corps lui semblait étrange. Il n'y avait pas que les feux qui lui brûlaient l'intérieur. Doucement elle passa sa main le long de sa poitrine et de son ventre, sur tous les bandages, et le long d'une de ses jambes.

Elle s'arrêta au genou. Sa jambe n'était plus là.

« Ils l'ont enlevée, se dit-elle, épouvantée. Ils ont enlevé une de mes jambes. »

Chapitre 6

Sofia était assise devant le feu, le regard plongé dans les flammes.

Cette fois-ci c'était dans un rêve, mais tout lui semblait si réel qu'elle percevait même l'odeur de l'herbe, de la terre et du bois calciné.

Ce n'était pas le secret du feu qu'elle cherchait dans les flammes, mais le visage de Muazena. Elle avait envie de lui parler de la jambe qu'elle avait perdue, sa jambe que quelqu'un lui avait enlevée.

Le visage de Muazena n'était pas là, mais Sofia resta à regarder danser les flammes jusqu'à ce qu'il n'en reste plus que de la braise. Puis ce fut l'obscurité.

Quand elle se réveilla, il faisait de nouveau jour. La douleur s'emparait d'elle par vagues. Elle repassa sa main sous le drap et constata encore une fois que sa jambe n'était plus là. Au-dessous de son genou, il ne restait plus qu'un moignon entouré d'un bandage.

Elle était très fatiguée. La douleur revenait, fulgurante et insistante. Sofia était trop faible pour chercher à comprendre ce qui était réellement arrivé à sa jambe. Elle avait d'abord besoin de retrouver son souffle, comme si elle avait fait une très longue course. Peut-être avait-elle couru trop vite? Peut-être une de ses jambes était-elle restée à la traîne? Peut-être finirait-elle par la rattraper?

Le docteur Raul entra dans sa chambre. À présent elle le reconnaissait, mais sans vraiment savoir qui il était. Il avait pris l'habitude de s'accroupir à côté de son lit pour avoir son visage à la même hauteur que le sien. Il lui sourit. Sofia se dit qu'il avait l'air épuisé. N'y avait-il pas de lit disponible pour lui aussi, pour qu'il puisse se reposer un peu?

— Comment te sens-tu, Sofia? demanda-t-il.

— Quelqu'un a pris ma jambe, dit-elle.

Sa voix était si faible qu'il eut du mal à l'entendre. Il se pencha vers elle et lui demanda de répéter.

— Ma jambe n'est plus là.

Il releva la tête pour la regarder. À la vue de ses yeux fatigués et de son visage criblé de plaies par l'explosion, il sentit de nouveau la colère envahir son cœur. «Une enfant à qui on a enlevé la possibilité de courir, pensa-t-il. Une petite fille qui ne pourra plus jamais danser. »

Il se rendit compte qu'elle croyait avoir gardé l'une de ses jambes. Elle n'avait pas encore réalisé qu'on avait été obligé de lui amputer les deux.

Il la regarda tout en se disant qu'il fallait absolument la prévenir pour éviter qu'elle ne découvre ça toute seule.

Comme il aurait souhaité ne pas avoir à le lui dire ! Il espérait ne plus jamais être confronté à une situation pareille : avoir dans un de ses lits d'hôpital une petite fille, comme Sofia, déchirée par une mine.

Il avait pourtant commencé à espérer qu'elle allait survivre. Les risques d'infection n'étaient pas encore éliminés, mais il pensait qu'elle allait s'en sortir. Elle possédait une force étonnante, cette petite. Il lui était impossible de se mettre à sa place pour connaître réellement l'intensité de la souffrance qu'elle devait supporter. Mais elle était forte.

Il se disait que l'image de la force, ce n'est pas un homme capable de soulever cent kilos.

La force, c'est un enfant capable de survivre à l'explosion d'une mine.

Les infirmières lui avaient raconté qu'il était très rare que Sofia se plaigne. Elle serrait les dents sur sa souffrance.

Le docteur Raul appuya sa tête contre celle de la petite fille.

— Ce n'est pas seulement une jambe qui te manque, dit-il. Nous avons été obligés d'enlever la deuxième aussi. Sinon tu n'aurais jamais pu survivre. Mais je te promets que tu marcheras de nouveau, Sofia. Tu auras deux belles jambes artificielles. Je te le promets. Tes deux nouvelles jambes seront tes meilleures amies pour le restant de ta vie.

Il contempla son visage.

— Est-ce que tu comprends ce que j'essaie de t'expliquer ?

Sofia ne le quitta pas des yeux. Elle passa l'autre main le long de son corps. Sa deuxième jambe avait disparu, elle aussi. Elle dévisagea le docteur Raul.

— Je veux qu'on me rende mes deux jambes, dit-elle.

— Tu auras de nouvelles jambes.

— Je n'en veux pas d'autres. Je veux les miennes.

Elle n'eut pas la force de continuer à parler. La douleur était trop violente. Une infirmière lui donna à boire. Elle s'endormit.

Dans les rêves agités de Sofia, Maria était encore en vie. Les images se succédaient, hachées et embrouillées. Elle voyait la robe blanche étendue sur le fil à linge devant la maison de José-Maria. Il y avait beaucoup de robes, mais pas de drap. Totio faisait marcher sa machine à coudre. Lydia écrasait des graines de maïs. Sofia continuait à chercher Maria, qui n'arrêtait pas de disparaître. Elle savait que sa sœur était là, mais elle n'arrivait pas à la voir. Maria était devenue invisible.

Parfois, quand elle se réveillait, elle ne souffrait pratiquement plus et quand elle évitait de bouger, elle avait l'impression que tout était comme avant.

C'était dans ces moments-là qu'elle se disait qu'il fallait absolument parler avec José-Maria. Elle voulait lui raconter que c'était elle qui avait pris le drap. Si elle avouait, il l'aiderait peut-être à retrouver ses jambes.

Deux ou trois fois par semaine, il venait lui rendre visite à l'hôpital, accompagné de Lydia. Souvent il entrait d'abord seul dans la chambre avant d'aller chercher Lydia qui attendait dans le couloir.

Sofia prit la décision de lui raconter la vérité lors de sa prochaine visite.

Sa première réaction fut de penser qu'elle délirait sous l'emprise de la fièvre. Qu'est-ce que c'était que cette histoire de drap ? Une robe blanche pour Maria ?

Puis il finit par comprendre.

José-Maria se souvint des restes de tissu blanc sur le corps de la petite quand il l'avait vue étendue sur le sentier après l'explosion de la mine. Il n'avait jamais remarqué qu'un de ses draps avait disparu.

Il s'apercevait que Sofia avait peur. Il fallait donc qu'il prenne ses paroles au sérieux.

— Ça n'a aucune importance, dit-il. N'y pense plus.

— Alors, je retrouverai peut-être mes jambes, dit Sofia.

José-Maria était très ému. Elle était étonnante, cette petite fille si pâle et si menue. Il se fit la réflexion que la peau des Noirs peut aussi pâlir de chagrin et de douleur.

— Tu auras de nouvelles jambes, dit-il. Les tiennes n'en pouvaient plus.

Puis il alla chercher Lydia dans le couloir.

— Elle sait maintenant qu'elle n'a plus de jambes, lui expliqua-t-il, et il est important de lui dire qu'elle en aura d'autres.

Lydia était assise par terre dans le couloir qui était plein de monde.

— Comment va-t-elle pouvoir s'en sortir ? gémit-elle. Nous sommes si pauvres.

— Il faut d'abord qu'elle guérisse, dit José-Maria. Ensuite nous envisagerons des solutions pour l'avenir. Va la voir, maintenant ! Ne pleure pas. Ne crie pas. Dis-lui bien que tout le village attend son retour.

Lorsque Lydia rendait visite à Sofia, c'était chaque fois aussi difficile : rencontrer son visage endolori, penser qu'elle n'avait pas de jambes sous le drap, se dire qu'elle ne pouvait rien faire pour sa fille. Comment serait leur vie désormais ? Comment ferait-elle quand Sofia serait de retour à la maison ? Elle se disait qu'elle avait vraiment tout perdu dans la vie. Elle avait été jeune, elle aussi, jeune comme Sofia. Elle avait rencontré Hapakatanda. Ils avaient eu une bonne vie ensemble. Puis les Bandits étaient arrivés et tout avait basculé. Ensuite il y avait eu la fuite et, quand elle avait cru enfin pouvoir construire une nouvelle vie, le malheur avait de nouveau frappé.

Ça ne finirait donc jamais? Sa vie ne serait-elle plus qu'inquiétude et douleur?

C'était toujours une grande joie pour Sofia de voir arriver Lydia. Elle aurait bien voulu ne pas avoir à passer ses journées seule. Elle n'avait pas la force de parler elle-même, mais elle aimait écouter sa mère qui était bavarde. Lydia, assise par terre, lui parlait d'Alfredo, du maïs qui maintenant était mûr pour la récolte. Mais elle ne disait rien au sujet de Maria. Quand les mots finissaient par s'épuiser, elle laissait la place au silence.

Une mouche solitaire susurrait au-dessus du visage de Sofia. Lydia se leva et lui fit une caresse maladroite sur la joue.

— Je reviendrai bientôt, dit-elle.

Sofia hocha la tête, mais ce mouvement réveilla la douleur et elle fit un énorme effort pour ne pas gémir. Elle ne voulait pas inquiéter Lydia.

Ce soir-là Sofia se retrouvait de nouveau seule, ballottée par la houle de la mer souterraine. Lydia s'était endormie sur le sol de la case avec Alfredo dans ses bras. José-Maria, lui, restait assis sur son lit, un crucifix à la main. Une petite lampe éclairait sa chambre.

José-Maria était prêtre. Il avait foi en Dieu. Il y avait très longtemps qu'était née sa vocation. Elle datait de l'époque où il était encore dans le pays où il avait grandi, le Brésil. Bien plus tard on l'avait envoyé comme missionnaire dans cette Afrique lointaine, dans ce pays où sévissait la guerre civile et où beaucoup de gens étaient exposés à de grandes souffrances.

Beaucoup de temps s'était écoulé depuis. José-Maria avait parfois des problèmes avec son Dieu. Il avait du mal à comprendre ce qui arrivait aux hommes.

Ou bien était-ce le contraire? C'était peut-être Dieu qui avait des problèmes avec José-Maria?

Il lui arrivait de rester seul le soir, le crucifix à la main, pour essayer de parler avec Dieu.

Ce soir-là, il lui parla de Sofia. Il cherchait à comprendre pourquoi une enfant comme elle devait tant souffrir. Pourquoi il avait fallu que sa sœur meure?

Il avait l'impression d'entendre une voix fatiguée dans son for intérieur. Comme si c'était lui-même qui parlait, mais avec la voix d'un homme très âgé. Une voix vieille et cassée. Les mots étaient indistincts comme des chuchotements lointains.

«Dieu est une énigme, se dit-il. Ce silence que je rencontre est le désespoir de Dieu.»

José-Maria resta ainsi, le crucifix entre ses doigts, jusqu'à une heure avancée de la nuit.

Puis il éteignit la lampe.

Quelques semaines s'écoulèrent. Les moments où Sofia flottait sur la houle souterraine s'espaçaient de plus en plus. La douleur s'estompait. Il lui arrivait d'avoir faim et elle était même capable de se redresser parfois dans son lit pour manger. Un jour qu'elle était seule dans sa chambre, elle souleva le drap et vit de ses propres yeux ses genoux entourés de gros pansements.

Ses jambes qui n'étaient plus là lui procuraient cependant une sensation étrange. Elles continuaient à être sensibles et Sofia pouvait les sentir jusqu'aux pieds.

« Elles m'appellent, pensa-t-elle. Elles sont aussi seules que moi. »

Elle demanda au docteur Raul ce qui était arrivé à ses jambes.

Il fut surpris par sa question, mais comme il avait fini par bien connaître Sofia, il savait qu'il valait toujours mieux lui dire la vérité.

— Tes jambes sont mortes, expliqua-t-il. Elles sont mortes, contrairement à toi qui continues à vivre. Nous les avons d'abord brûlées puis enterrées.

Sofia réfléchit longuement à ce qu'il venait de dire.

— J'espère que vous les avez enterrées à côté de Maria, dit-elle.

Le docteur Raul hocha lentement la tête.

— Oui, nous les avons enterrées à côté de Maria.

Le lendemain, Sofia se leva pour la première fois. Elle ignorait combien de temps elle avait passé au lit, mais ça lui avait paru très long. D'une certaine manière ça lui semblait plus facile de penser à Maria si elle pouvait se dire que beaucoup de temps s'était écoulé depuis sa disparition. Une des infirmières la souleva pour la placer dans une vieille chaise roulante rouillée, aux roues voilées. Puis elle l'emmena en dehors de la chambre, dans le couloir où il y avait partout des gens malades et une odeur nauséabonde de sueur et de plaies.

— Tu as besoin d'air frais, dit l'infirmière qui s'appelait Mariza.

Elles sortirent sur le trottoir. Sofia s'étonna de voir ces grands immeubles et toutes ces voitures passer dans la rue et tous ces gens qui couraient dans tous les sens. Mariza installa la chaise le long du mur de l'hôpital.

— Je te laisse ici un moment, dit-elle en souriant. Je reviendrai te chercher tout à l'heure.

Elle enveloppa le corps de la petite fille dans une couverture sale et Sofia se dit qu'ainsi personne ne pourrait s'apercevoir qu'elle n'avait plus de jambes.

Puis elle se retrouva seule.

Elle ne se souvenait pas du tout comment elle était arrivée dans cette ville. Son dernier souvenir était sa course sur le sentier avec Maria pour aller vers les champs.

Elle n'avait aucune idée de ce qui leur était arrivé. Pourquoi Maria était-elle morte ? Pourquoi n'avait-elle plus ses jambes ? Pourquoi personne ne lui avait raconté ce qui s'était réellement passé ?

Étaient-ce les Bandits qui étaient revenus ?

Ces pensées lui trottaient dans la tête pendant qu'elle était assise là, dans son fauteuil, devant l'hôpital. Des femmes étaient installées sur le trottoir avec toutes sortes de marchandises étalées à même le sol. Quelques-unes avaient fabriqué de petites tables à partir de boîtes en carton. Elles vendaient des oranges et des pommes, des oignons et des petits pois, des morceaux de chocolat et des épis de maïs. Il y en avait aussi qui vendaient des boîtes de bière. Elles n'arrêtaient pas de discuter entre elles, tout en allaitant leurs bébés et en remettant de l'ordre dans leurs marchandises. De temps en temps, des gens s'arrêtaient pour acheter.

Soudain, Sofia entendit quelqu'un l'interpeller dans sa propre langue. C'était une femme juste à côté d'elle qui lui tendait la moitié d'une orange. Sofia refusa d'un signe de tête, elle n'avait pas de quoi payer. Puis elle comprit que c'était un cadeau. Elle l'accepta.

— Qu'est-ce qui t'est arrivé ? demanda la jeune femme avec un sourire joyeux.

— Je ne sais pas, répondit Sofia. Quelque chose est arrivé à mes jambes. Et Maria est morte.

— C'était ta mère ?

— Non, ma sœur.

— *Yo Mammanó, inó*, dit la femme d'une voix plaintive. La guerre tue tout le monde. Comment t'appelles-tu ?

— Sofia Alface.

— Moi, c'est Miranda, dit la femme. Je suis ton amie.

Sofia n'avait jamais mangé de meilleure orange. Elle regarda la femme et ne put s'empêcher d'éclater de rire.

Mais ça sonnait étrange.

Comme si elle avait oublié comment on fait quand on rit.

La semaine qui suivit, Mariza sortit Sofia une fois le matin et une fois l'après-midi. Miranda était toujours là. Il arrivait que le docteur Raul les rejoigne sur le trottoir pour fumer une cigarette. Un jour, il donna quelques billets à Miranda.

Comme celle-ci continuait à lui offrir des oranges, Sofia comprit qu'en fait c'était le docteur Raul qui les payait.

Sofia finit par faire la connaissance de toutes ces femmes qui se trouvaient autour d'elle sur le trottoir. Quand elle arrivait dans le fauteuil que poussait Mariza, elles la saluaient bruyamment. Et parfois, quand l'une d'entre elles avait besoin de s'absenter pour une course, elle lui confiait l'un de ses petits. C'était aussi là, dans la rue, que Sofia accueillait maman Lydia et José-Maria quand ils venaient lui rendre visite.

Un jour Mariza vint la chercher plus tôt que prévu.

— Je vais te présenter Mestre Emilio, dit-elle.

— C'est qui ?

— C'est lui qui va fabriquer tes nouvelles jambes, expliqua Mariza.

Elles allèrent voir Mestre Emilio dans une pièce encombrée de bras, de jambes, de pieds et de mains. Sofia fut d'abord effrayée par le spectacle, mais Mestre Emilio était un homme joyeux qui lui rappela Totio. Il lui serra la main en lui disant que ça allait très bien se passer. Il allait lui fabriquer de très jolies jambes en plastique, avec des chaussures noires.

Avec l'aide de Mariza, il ôta doucement les pansements. Pour la première fois Sofia vit ses plaies. Elles n'étaient pas encore cicatrisées. Elle eut un haut-le-cœur et détourna les yeux. Mestre Emilio s'affairait autour d'elle avec un centimètre et notait des chiffres dans un cahier. Puis il refit ses pansements.

— Bientôt tu vas commencer à t'entraîner pour

marcher, dit-il. Ce sera pénible et compliqué, mais tu y arriveras.

Sofia fit oui de la tête.

— Tu as envie de remarcher, n'est-ce pas ?

— Oui.

Mais au fond d'elle-même, elle n'en était pas si sûre. Il y avait des jours et des nuits où elle ne pensait qu'à Maria. Maria qui était morte et qui ne serait plus jamais avec elle. Elle savait qu'avec ses jambes artificielles, elle ne pourrait plus jamais courir, ni danser. Elle serait obligée de se servir de ses béquilles.

Peut-être valait-il mieux qu'elle meure, elle aussi ? Ses jambes l'attendaient déjà sous la terre.

Elle ne parlait à personne de ses préoccupations. Ni à maman Lydia, ni à José-Maria, ni au docteur Raul.

Un jour, tôt le matin, le docteur Raul vint la trouver.

— Il va falloir que tu quittes cette chambre aujourd'hui, expliqua-t-il. Nous en avons besoin pour des gens qui sont plus malades que toi.

Comme d'habitude, il s'était agenouillé à côté de son lit.

— Ça ira très bien, dit-il, personne ne sait faire d'aussi belles jambes que Mestre Emilio. Tu vas commencer à t'entraîner pour marcher.

— Je vais rentrer chez moi ?

Le docteur Raul fit non de la tête.

— C'est trop loin. Il faut que tu restes en ville encore quelque temps, jusqu'à ce que tes jambes soient prêtes et que tu aies appris à bien marcher. Tu habites trop loin pour qu'on puisse aller te chercher tous les jours.

Mariza vint la chercher tard dans l'après-midi. Elle poussa la chaise roulante rouillée jusque dans la rue où l'attendait une voiture. On l'aida à s'y installer.

— On se reverra demain matin, dit Mariza.

La voiture traversa la ville. Sofia avait peur. Elle ne savait pas où on l'emmenait. Et si jamais elle disparaissait avec son fauteuil parmi tous ces gens inconnus ! Personne ne la retrouverait.

Elle essaya de mémoriser le chemin qu'ils prenaient, mais les rues de la ville se mélangèrent dans sa tête. Elle finit par ne plus savoir dans quelle direction était situé l'hôpital.

La voiture franchit un portail pour entrer dans une cour entourée de plusieurs immeubles, puis s'arrêta. Le chauffeur sortit Sofia et la chaise.

— C'est ici que tu vas habiter maintenant, dit-il. Une voiture viendra te chercher tous les matins pour te conduire à l'hôpital où tu vas réapprendre à marcher.

La voiture repartit, laissant Sofia dans sa chaise. Sur ses genoux elle tenait une orange que Miranda lui avait offerte.

Elle promena son regard autour d'elle.

Elle ne voyait personne, nulle part.

Elle était seule. Le soleil était déjà en train de descendre dans le ciel.

La nuit n'allait pas tarder à tomber.

On l'avait abandonnée.

Chapitre 7

Sofia passa toute la nuit dans la chaise roulante.

Un ciel étoilé scintillait et flamboyait au-dessus d'elle. Elle avait mis sa tête sous la couverture et arrivait à s'assoupir de temps en temps, mais chaque fois qu'elle sortait de son sommeil agité, elle se demandait où elle était.

« On m'a oubliée, se disait-elle. Ils m'ont rejetée de l'hôpital parce qu'ils avaient besoin de mon lit. Lydia ne me retrouvera jamais. La chaise s'enfoncera dans la terre et ne pourra plus rouler. »

Sofia n'avait pas peur du noir. Elle craignait seulement de ne pas pouvoir se déplacer. Voyant la nuit tomber, elle avait essayé de bouger la chaise, mais elle n'avait pas réussi à cause des roues voilées.

Jusqu'au dernier moment, elle avait espéré que quelqu'un viendrait la chercher. Au fur et à mesure que la nuit s'installait et que les lumières de la ville s'éteignaient, elle comprit qu'elle allait passer la nuit là.

Elle avait d'abord pensé à se laisser glisser de la chaise et à essayer de ramper pour se mettre à l'abri sous un arbre près de l'immeuble, mais finalement elle n'en avait rien fait.

Les cicatrices la démangeaient sous les bandages.

Elle se mit à chanter pour se sentir moins seule. Si elle chantait suffisamment fort, Maria l'entendrait peut-être sous la terre. À plusieurs reprises, elle reprit toutes les chansons qui lui venaient à l'esprit, d'une voix tantôt forte, tantôt faible, vite ou lentement, encore et encore. Sa solitude lui sembla ainsi moins effrayante et surtout, cela l'empêchait de penser à tout ce qui l'attendait une fois la nuit terminée.

Elle revit sa petite enfance. Parfois, le soir, Hapakatanda leur montrait les étoiles, à elle et à Maria. Il leur indiquait les différentes constellations, celles qui ressemblaient à des animaux. Il leur conseillait de choisir une étoile, pour elles toutes seules.

— Il y a une étoile pour chacun d'entre nous, disait-il. Elle brillera tant que nous vivrons. Quand nous partirons pour continuer notre existence auprès de nos ancêtres, elle disparaîtra.

Sofia se rappela lui avoir demandé si on enterrait les étoiles qui cessaient de vivre. Sa question avait surpris Hapakatanda.

— Je n'y ai jamais pensé, avait-il dit, mais je crois bien que oui.

Le jour finit par poindre après cette nuit interminable. Simple ligne rouge pâle, il apparut d'abord dans le ciel noir juste au-dessus de l'horizon et subitement il était là dans toute sa splendeur. La ville se réveilla. Sofia entendait des bus et des voitures à distance, et une radio qui marchait dans un immeuble voisin.

Enfin elle vit quelqu'un s'approcher. C'était une grande femme corpulente qui s'arrêta devant Sofia.

— Qui es-tu? demanda-t-elle. Que fais-tu là?

— Je m'appelle Sofia. Je suis arrivée hier.

La femme secoua la tête.

— Mais on t'attendait seulement aujourd'hui, dit-elle. Tu es restée comme ça toute la nuit?

Sofia acquiesça.

La femme frappa dans ses mains de colère.

— Ah! ce qu'ils sont mal organisés dans cet hôpital, dit-elle. Comment se sont-ils débrouillés pour te conduire un jour trop tôt?

— Je ne sais pas.

— Et tu as passé toute la nuit ici?

— Oui.

— Ma pauvre petite. Je vais te montrer ta

chambre et puis on te donnera quelque chose à manger. Je m'appelle Veronica et je travaille ici.

Elle empoigna la chaise d'une main ferme et se mit à la pousser. Les roues voilées sautillaient sur la cour caillouteuse. Elles franchirent un deuxième portail et arrivèrent dans une autre cour où se trouvait un bâtiment long et bas. Un couloir ouvert, protégé par un auvent, longeait la façade. Toute une série de portes donnaient sur ce passage. Elles étaient ouvertes et devant chacune il y avait une personne assise. Sofia constata qu'elles étaient toutes vieilles et malades. Certaines avaient des pansements sales sur différents endroits du corps, à d'autres il manquait des jambes, des mains ou des doigts. L'odeur était désagréable et Sofia se demandait toujours pourquoi elle était là. Veronica s'arrêta au bout du couloir devant une porte fermée.

— C'est ici que tu vas habiter, expliqua-t-elle en tournant la poignée.

Sofia jeta un coup d'œil dans la chambre sombre et y découvrit deux vieux lits métalliques, sans matelas.

— Je vais devoir vivre seule ici ? demanda-t-elle.

— Quand tu auras appris à marcher, tu pourras rentrer chez ta mère, dit Veronica. On t'apportera à manger tout à l'heure.

Sofia descendit de sa chaise avec difficulté. Elle avait l'impression d'être redevenue un petit enfant qui ne savait pas encore marcher. Elle entra dans la pièce en rampant et s'assit par terre pour examiner sa chambre. Il n'y avait rien d'autre que les lits. Une plaque en bois recouvrait un trou dans le mur, là où il y avait eu une fenêtre. Un rat apparut dans un coin et disparut aussitôt par la porte. Sofia se traîna jusqu'au lit. Elle se rendit vite compte qu'il ne fallait pas qu'elle rampe, sinon les pansements qu'elle avait aux genoux se déchireraient. Il ne lui restait plus qu'une seule façon de se déplacer : se traîner sur les fesses. Elle réussit à monter sur le lit et s'étendit sur les ressorts rouillés qui lui pénétraient dans le dos et dans la nuque. Elle était trop fatiguée pour réfléchir et s'endormit rapidement.

Quand elle se réveilla, son corps était tout endolori. Une assiette de bouillie froide et un morceau de couenne étaient posés sur le sol à côté du lit. Sofia se laissa glisser par terre et se traîna jusque devant l'ouverture de la porte en emportant l'assiette. Elle vit un homme âgé sans yeux passer en titubant. Elle le suivit du regard jusqu'à ce qu'il disparaisse par une porte tout au bout du bâtiment. Sofia en conclut que c'était l'endroit où elle devait se rendre pour faire ses besoins.

Elle avait faim et commença à manger. C'était tellement mauvais qu'elle fut obligée de se forcer à avaler. Elle se dit que si elle ne finissait pas son assiette, peut-être devrait-elle passer encore une nuit dans sa chaise roulante, en guise de punition.

Une fois la bouillie terminée, elle posa l'assiette et resta assise dans l'embrasure de la porte. Elle jeta un coup d'œil sur ses pansements sales et une grande tristesse l'envahit.

Elle ne voulait pas vivre dans cette chambre sombre. Même si elle ne pouvait pas marcher, elle voulait rentrer chez Alfredo et maman Lydia. Pourquoi resterait-elle ici avec tous ces malades et tous ces vieux qu'elle ne connaissait pas ?

« Il n'y a même pas de feu ici, se dit-elle. Pas de flammes à contempler. Ils ne m'ont pas pris seulement les jambes. Ils m'ont pris aussi tous les secrets du feu. »

Elle ignorait combien de temps elle était restée à réfléchir devant la porte. Veronica arriva en balançant son corps volumineux pour récupérer l'assiette vide. Elle vit tout de suite que Sofia était triste et bien qu'elle ait beaucoup de travail – c'était elle qui préparait à manger pour tous ceux qui vivaient dans ce foyer, pour les vieux, les pauvres et les malades –, elle s'assit et serra Sofia contre elle.

— Tu as du chagrin, dit-elle, parce que tu n'as plus de jambes et que tu ne peux plus marcher. Ta sœur a disparu et tu ne connais personne ici. Et tu as été obligée de passer toute une nuit assise dans la chaise roulante. En plus, la nourriture n'est pas bonne, même si j'essaie de faire de mon mieux avec le peu que j'ai. Tu es triste et tu te demandes ce qui va t'arriver. J'ai raison, non ?

Sofia acquiesça d'un petit mouvement de tête. Veronica la serrait fort entre ses gros bras comme dans un étau, mais c'était malgré tout assez agréable. Elle sentait battre le cœur de cette femme généreuse.

— Ça ira mieux dans quelques jours, assura Veronica. Il va falloir que tu réapprennes à marcher. Il faut absolument que tu restes ici pour avoir de nouvelles jambes.

Après ce petit moment passé avec Veronica, Sofia se sentit un peu mieux.

Le lendemain matin, Veronica vint la réveiller de bonne heure. Sofia était toute meurtrie d'avoir dormi sur les ressorts métalliques. Au cours de la nuit, un rat lui était passé sur le corps, et ça l'avait réveillée.

— Si au moins tu avais un matelas, dit Veronica. Mais nous n'avons rien ici. Encore heureux qu'il y ait à manger.

Sofia se traîna jusqu'à la pompe à eau dans la cour pour faire sa toilette. Puis elle remonta sur la chaise roulante et Veronica la poussa dans la cour extérieure où l'attendait une voiture.

Quand elle arriva à l'hôpital, on vint la chercher pour la conduire dans une salle dont l'un des murs était tapissé de miroirs. On avait dressé des barrières en bois un peu partout et des gens de tous âges apprenaient à marcher pour la deuxième fois de leur vie. La plupart n'avaient qu'une jambe artificielle, quelques-uns en avaient deux. Sofia les regarda travailler. Réussirait-elle un jour à apprendre, elle aussi ?

Soudain, elle sentit quelqu'un lui taper sur l'épaule. Elle tourna la tête et vit Mestre Emilio qui lui souriait.

— À toi, maintenant, dit-il en lui tendant deux bâtons en bois.

Sur la partie supérieure on avait fixé quelques lanières. En bas étaient attachées deux chaussures.

— Il faut que tu commences à t'entraîner avec ceux-là, dit-il, pour que tes genoux s'habituent à l'idée d'avoir bientôt de nouvelles jambes. Ça te fera mal au début. Tu auras des plaies. Mais elles seront cicatrisées d'ici quelques mois.

Pendant les explications de Mestre Emilio, un autre homme en blouse blanche s'était approché de Sofia. Il était beaucoup plus jeune que Mestre Emilio.

— Voici Benthino, dit Mestre Emilio. C'est lui qui t'aidera jusqu'à ce que tu sois capable de marcher.

Benthino sourit à Sofia.

— Sofia, nous avons intérêt à devenir amis tout de suite, proposa-t-il, parce que nous allons nous voir tous les jours pendant un bon bout de temps.

— Oui, dit Sofia.

Ils attachèrent les deux bâtons à ses genoux et l'aidèrent ensuite à se lever de la chaise. Malgré la douleur sourde, elle avait envie de chanter. Elle était de nouveau debout.

Benthino lui donna deux béquilles.

— Essaie de faire un pas, dit-il. N'aie pas peur de tomber. Tu as les béquilles et je suis là. Je te rattraperai s'il le faut.

— Mais je dois m'y prendre comment ?

— Comme d'habitude. Oublie qu'ils sont en bois. Marche comme tu faisais avant.

Elle fit un pas. Elle se sentait raide et bizarre, un peu comme le jour où elle avait essayé de marcher avec des échasses. Ses genoux lui faisaient mal et les lanières attachées à ses cuisses la serraient et lui entraient dans la peau. Benthino la lâcha et alla se mettre contre le mur opposé avec Emilio.

— Viens ici, dit-il. Marche lentement. Tu ne tomberas pas.

— Je n'y arrive pas, répondit Sofia.

— Mais si, tu y arrives, dit Benthino.

Elle essaya d'avancer. Elle avait l'impression de soulever un poids très lourd attaché à son corps. D'abord une jambe, puis l'autre. *Dans sa tête elle se voit courir sur le sentier avec Maria.* L'autre jambe. La lever, la placer devant l'autre. *Elles courent maintenant. Elles jouent. Un nouveau jeu qu'elle a inventé.* L'autre jambe. Un pas en avant. Prendre appui avec les béquilles. Trouver l'équilibre. *Elles doivent courir les yeux fermés. Comme chaque fois qu'elle trouve un nouveau jeu, elle essaie d'abord elle-même. Puis elle explique à Maria comment faire.* Encore un pas. Le bâton avec la chaussure noire en l'air et en avant, appui sur les béquilles. *Elle ferme les yeux et court. Mais le sentier est humide. Elle glisse et trébuche, n'arrive pas à s'arrêter.* L'autre jambe. D'abord avancer la béquille, puis les pieds, soulever le corps, ne pas perdre l'équilibre. *Elle ouvre les yeux, elle a quitté le sentier. Elle se tient sur une jambe, se retourne et voit Maria. Elle sait qu'il ne faut pas qu'elle pose l'autre pied. Mais il est déjà trop tard.*

Sofia perdit l'équilibre.

Benthino éclata de rire. Avec l'aide d'Emilio, il la souleva et ramassa les béquilles, rattacha la lanière qui s'était défaite. Il s'aperçut alors que Sofia avait les yeux remplis de larmes.

— Tu t'es fait mal? demanda-t-il.

— Nous avons seulement joué, dit Sofia. J'ai trébuché.

Benthino ne comprenait pas ce qu'elle disait. Il voulait qu'elle continue à marcher, mais Mestre Emilio posa sa main sur son bras et lui dit que Sofia avait besoin de se reposer. Comme il avait déjà assisté à des scènes semblables, il savait que Sofia venait de comprendre ce qui était arrivé ce jour où la mine avait explosé.

— On va arrêter là pour aujourd'hui, dit-il. Le docteur Raul m'a dit que tu aimes bien passer un moment dans la rue.

Sofia fit oui de la tête. Elle entendit à peine sa proposition, trop absorbée par ce qu'elle venait seulement de découvrir. C'était une mine qui avait explosé. Elle avait joué. Elle avait couru les yeux fermés.

C'était elle qui avait marché sur la mine.

C'était sa faute si Maria était morte.

Elle se sentait glacée au fond d'elle-même. Il n'y a que les monstres qui tuent ceux qui les entourent.

Mestre Emilio poussa sa chaise sur le trottoir.

— Benthino viendra te chercher quand ce sera l'heure de rentrer, dit-il. Reste à te réchauffer un peu au soleil.

Miranda était là. Et toutes les autres femmes. Mais Sofia n'avait envie de parler à personne. Elle tira la couverture au-dessus de sa tête. Elle voulait être invisible.

Quand Benthino vint la rechercher, il la trouva ainsi. Elle ne lui répondit pas quand il essaya de savoir pourquoi elle se cachait sous la couverture. Même après son retour au foyer pour vieux et après que Veronica l'eut ramenée jusqu'à la porte de sa chambre, elle garda la couverture sur sa tête. Elle refusa de manger. C'est seulement après s'être traînée à l'intérieur de sa chambre et après avoir fermé la porte derrière elle qu'elle décida de la retirer. Elle se sentait totalement vide, aussi vide que cette chambre sombre qu'on lui avait attribuée. Une seule pensée la hantait : elle ne voulait plus vivre. C'était sa faute si Maria était morte.

«Je ne quitterai plus jamais cette pièce, se dit-elle. Je ne bougerai pas d'ici avant d'être vieille.»

C'était le soir. Veronica vint lui porter son repas. Mais quand elle lui demanda si elle avait faim, Sofia resta cachée sous la couverture et refusa de répondre. Veronica quitta la pièce et ferma la porte. Sofia garda la couverture sur sa tête. Elle était assise par terre, immobile, en attendant d'être vieille.

Quand elle entendit la porte s'ouvrir de nouveau, elle pensa que c'était Veronica qui revenait.

Mais quelque chose avait changé. Elle ne reconnaissait pas la manière de marcher de Veronica. Abritée par sa couverture, elle essaya de deviner qui avait pénétré dans sa chambre. Elle entendit la personne s'asseoir sur le deuxième lit. Elle l'entendit aussi allumer une bougie et elle sentit l'odeur de flamme et de cire. N'y tenant plus, elle sortit de sa cachette.

Elle découvrit une fille de son âge, assise sur l'autre lit. Sofia vit tout de suite qu'il lui manquait une jambe, la gauche.

Elles s'étudièrent.

— Je m'appelle Hortensia, dit la fille. Comment t'appelles-tu?

— Sofia.

— Toi aussi, tu as perdu une jambe?

— Les deux.

Elles s'observèrent, sans rien dire.

— Qu'est-ce que tu fais sous la couverture?

Sofia ne dit rien. Elle ne savait pas quoi répondre.

— Je vais habiter ici, expliqua Hortensia, le temps d'apprendre à marcher avec une nouvelle jambe.

Sofia avait du mal à croire ce que lui disait la fille. Enfin elle ne serait plus seule?

— Tu vas rester combien de temps? demanda-t-elle.

— Je ne sais pas, répondit Hortensia. Très longtemps, je pense.

À partir de ce moment-là, rien ne fut pareil pour Sofia. Elle n'était plus seule.

Hortensia et Sofia devinrent amies. Sofia avait parfois l'impression d'avoir une nouvelle sœur, même si ça ne serait jamais comme avec Maria. Tout semblait plus facile depuis l'arrivée d'Hortensia. Sofia pouvait rester éveillée la nuit pour écouter respirer son amie, avec la certitude de la retrouver le matin. Elles partaient ensemble à l'hôpital, elles faisaient leurs exercices ensemble, elles étaient ensemble dans la rue parmi les femmes qui vendaient des oranges. Elles se tressaient les cheveux, inventaient des chansons et discutaient de ce qui se passait autour d'elles.

Hortensia, elle aussi, avait marché sur une mine. Elle habitait très loin, si loin que sa mère ne pouvait pas lui rendre visite.

— Je vais te prêter la mienne, dit Sofia. Lydia a de la place pour toi aussi.

Ce qui était parfaitement vrai. Quand Lydia vit la joie de Sofia d'avoir Hortensia avec elle, elle la traita comme sa propre fille.

Le temps passait vite. Apprendre à marcher avec les prothèses était pénible et difficile, mais les deux filles constatèrent que ça allait de mieux en mieux. Sofia s'aperçut un jour qu'elle arrivait à se déplacer à l'aide d'une seule béquille. Mestre Emilio venait régulièrement voir leurs progrès en leur assurant que leurs nouvelles jambes étaient pratiquement terminées.

Un soir, Sofia confia à Hortensia que c'était à cause d'elle que Maria était morte.

Hortensia secoua la tête.

— Tu ne pouvais pas savoir qu'il y avait une mine justement à cet endroit, dit-elle. Ce n'est pas ta faute. C'est la faute de la mine.

Les paroles d'Hortensia décidèrent Sofia à ne plus jamais se cacher sous la couverture.

Elles se parlaient de tout. Sauf d'une chose. Elles savaient qu'elles devraient se séparer un jour. Hortensia allait rentrer dans sa famille et Sofia dans la sienne. Pour Sofia cette idée était inacceptable. Elle ne voulait pas perdre Hortensia comme elle avait perdu Maria. Elles ne pourraient pas se retrouver, même si elles allaient continuer à vivre toutes les deux. Le résultat serait donc le même.

Tout était plus facile pour Hortensia qui n'avait perdu qu'une jambe. Pour Sofia ce n'était pas simple. Il lui arrivait d'envier son amie, mais elle n'en disait rien. D'ailleurs, elle ne disait jamais rien de ce qu'elle ressentait. À personne.

Un jour qu'elles étaient revenues dans le foyer et qu'elles se tenaient devant la porte de leur chambre en attendant le repas, un homme vint annoncer à Hortensia qu'elle n'avait plus besoin d'exercice. Elle devait ramasser ses affaires pour partir sans tarder. L'homme allait l'accompagner à un bus qui la ramènerait chez elle.

Elles eurent à peine le temps de se dire au revoir. Tout alla si vite. Elles s'effleurèrent maladroitement les mains. Et voilà, Hortensia était partie.

Sofia, assise dans l'entrée de la chambre, la regarda s'éloigner. Au coin de la maison, Hortensia disparut.

Sofia ferma la porte.

Elle était de nouveau seule.

Chapitre 8

Sofia ne parvenait pas à oublier Hortensia.

Mais elle ne la revit jamais.

Chaque matin quand elle se réveillait, le lit vide lui rappelait son absence. Et Veronica ne savait pas s'il y avait quelqu'un pour la remplacer.

Le lit restait vide.

Ce temps étonnant, qui à la fois existe et n'existe pas, poursuivit son cours, lent et pesant. Il rappelait à Sofia les hippopotames indolents qu'elle avait vus flotter à la surface du fleuve quand elle lavait le linge avec Maria.

Sofia voulait apprendre à marcher rapidement pour pouvoir rentrer à la maison le plus vite possible, mais elle se posait souvent des questions sur son avenir. Jamais plus elle ne pourrait courir ni danser. Et aucun homme ne voudrait d'elle comme épouse ou mère de ses enfants.

Cette idée lui aurait paru moins pénible si elle avait eu quelqu'un avec qui la partager.

Mais Hortensia était partie. Pour de bon.

Un beau jour, ses jambes furent prêtes. Le docteur Raul vint la chercher dans la salle où Benthino la faisait travailler. Ils partirent ensemble chez Mestre Emilio qui lui sourit et lui désigna les deux jambes appuyées contre la table.

— Je te présente deux nouvelles amies, dit-il. À partir de maintenant, elles passeront beaucoup de temps avec toi. Comme tu vas continuer à grandir, il faudra t'en faire d'autres, plus longues. Mais, en attendant, celles-ci seront tes meilleures amies.

Les prothèses étaient en plastique marron clair. Elles avaient l'épaisseur de vraies jambes et se terminaient par des chaussures.

Mestre Emilio aida Sofia à les attacher et, en se mettant debout, elle constata qu'elles étaient parfaites, même si elle sentait une petite douleur au-dessous du genou gauche. Elle pourrait faire descendre sa capulana jusqu'en bas, et ainsi personne ne s'apercevrait de rien.

Le docteur Raul lui demanda de marcher un peu.

— Ça fait mal ? demanda-t-il.

Sofia fit signe que non.

— Est-ce que je peux rentrer maintenant ?

— Pas encore. Il va te falloir encore un bon mois d'entraînement. Après, tu pourras rentrer.

Le soir, Sofia fit des essais en portant sa capulana de différentes manières pour essayer de cacher ses prothèses. Elle arpentait la cour de long en large et avait presque l'impression que tout était comme avant. Ceux qui ne le savaient pas ne devineraient jamais que ses jambes étaient en plastique.

À partir de ce jour-là, Sofia abandonna définitivement sa chaise roulante. Elle fixait ses jambes artificielles dès le matin et non pas une fois arrivée à l'hôpital comme avant. Elle les gardait ensuite jusqu'au soir. Elle les emportait même dans son lit et les cachait sous la couverture pour ne pas se les faire voler.

Elle songea à leur donner un nom. Puisqu'elles étaient ses meilleures amies, comme lui avait dit le docteur Raul, c'était normal qu'elles en aient un. Comment les appeler ? Après avoir réfléchi à différentes possibilités, elle choisit « Kukula » pour la droite et « Xitsongo »* pour la gauche. Elle se promit aussi de ne jamais en parler à personne. La vieille Muazena lui avait dit :

— C'est en jetant tes pensées dans le feu pour alimenter les flammes que tu préserveras le mieux tes secrets. Tu les garderas ainsi éternellement, même quand le feu faiblit et meurt. Elles

* Signifient « court » et « long » dans la langue de Sofia.

reprendront vie le lendemain en même temps que le nouveau feu. Le feu ne te trahira jamais, avait ajouté Muazena il y avait très longtemps déjà, il gardera tes secrets et ne les dévoilera jamais à personne.

Les visites de Lydia et de José-Maria s'espacèrent de plus en plus. Ils avaient beaucoup à faire et c'était souvent en vain que Sofia les attendait sur le seuil de sa chambre. Son envie de rentrer devenait parfois insupportable. Cela lui semblait plus difficile que tout le reste. Si elle n'avait rien à manger un soir, elle savait qu'en s'endormant elle oublierait sa faim. Mais pas son mal du pays.

Le docteur Raul lui donnait parfois un peu d'argent. En général elle l'utilisait pour s'acheter une orange. Un jour elle eut une idée : si elle mettait l'argent de côté, elle finirait par en avoir assez pour s'acheter une place dans un des vieux camions rouillés qui faisaient la liaison entre les différents villages et la ville. Comme ça elle pourrait faire la surprise à sa mère et à Alfredo en rentrant passer un samedi et un dimanche à la maison. D'autant plus facilement que ces jours-là elle n'avait pas d'exercices à faire à l'hôpital. Elle savait que son village s'appelait Boane. Si elle réussissait à s'y rendre, elle arriverait bien à retrouver sa case. Elle se renseigna auprès de Veronica pour savoir d'où partaient les camions pour Boane. Pour ne pas éveiller ses soupçons, elle prit un air détaché en posant la question. Sofia enregistra minutieusement l'explication que lui fournit Veronica.

Au bout d'environ une semaine, elle avait économisé une somme suffisante. Elle avait aussi gardé un peu de pain enveloppé dans un morceau de papier qu'elle avait caché sous la couverture de son lit.

Elle décida de partir tôt le samedi matin. Pour que Veronica ne s'inquiète pas, elle chargea un des vieux malades qui se levait toujours de bonne heure de lui annoncer qu'elle était rentrée chez elle et qu'elle reviendrait le dimanche. Les jours qui précédèrent son départ, elle se sentit un peu angoissée. Et si elle se trompait de camion ? Et si elle se retrouvait dans un endroit d'où elle ne saurait pas revenir ? Et si le voyage durait trop longtemps ?

Mais sa décision était prise. Il fallait qu'elle rentre.

La veille du départ, son sommeil fut agité. Comme elle n'avait pas de montre, elle n'arrivait pas à évaluer le temps qui restait avant le lever du soleil. Au bout d'un moment, elle n'eut plus la patience de rester couchée, alors elle se leva, attacha ses jambes, s'habilla et glissa l'argent et le morceau de pain dans un pan de sa capulana. Tout doucement, elle ouvrit la porte vers l'obscurité. Il faisait doux et il n'y avait pas de vent. Elle entendit les vieux ronfler et tousser dans les chambres voisines. Elle s'assit devant la porte ouverte pour attendre que le soleil se lève et elle se remémora le chemin que lui avait indiqué Veronica pour trouver le camion qui allait à Boane.

Enfin, elle devina la première petite lueur annonçant le jour. Une des portes situées un peu plus loin dans le bâtiment s'ouvrit. Un vieil homme aveugle, nommé Manuel, en sortit pour s'installer devant sa chambre. Le moment était venu. Sofia se leva à l'aide d'une des béquilles, referma la porte et s'en alla. Arrivée à la hauteur de Manuel, elle le salua et lui demanda de prévenir Veronica qu'elle rentrait chez elle.

— Tu as bien de la chance d'avoir une famille, dit Manuel. C'est ici, chez moi. Et moi, je n'ai pas de famille. Je n'ai rien.

Sofia eut de la peine pour le vieux Manuel. Elle se demanda ce qui était le pire, être privé de ses jambes ou de ses yeux.

Elle tenait à quitter le foyer avant l'arrivée de Veronica et marcha aussi vite qu'elle le put. Elle risquait cependant de la croiser plus loin, puisqu'elle ignorait de quel côté elle arriverait.

Il faisait déjà grand jour. Après avoir franchi le dernier portail, elle vit plein de gens qui se rendaient à leur travail. Elle prit le chemin poussiéreux que Veronica lui avait indiqué.

Le chapa pour Boane part de la place de la Cathédrale. D'abord il faut prendre à gauche, puis à droite et après tout droit dans la longue descente.*

* Bus ou camion utilisé pour transporter les gens.

Sofia tourna à gauche, puis à droite. En traversant la rue elle entendit les voitures klaxonner. Elle s'efforçait de marcher vite en demandant d'une voix ferme à Xitsongo et à Kukula de se dépêcher. Elle fut obligée de s'arrêter à plusieurs reprises pour reprendre son souffle. Peut-être n'aurait-elle pas la force d'aller jusqu'au bout ? Elle se remit à marcher, craignant de s'être trompée de chemin. Le soleil était déjà haut dans le ciel, la sueur perlait sur son visage. Mais elle serrait les dents et continua d'avancer. Elle n'avait pas le droit d'abandonner, il fallait qu'elle rentre.

Elle finit par arriver sur une place. Devant elle surgit le clocher d'une grande église blanche. De nombreux camions stationnaient le long des trottoirs et des gens y montaient ou en descendaient. D'autres arrivaient chargés de gens qui s'agrippaient tant bien que mal. Ils avançaient cahin-caha, pliant sous la charge.

Sofia se demanda avec inquiétude comment elle allait pouvoir grimper en haut d'un de ces énormes engins. Et si elle y arrivait, comment ferait-elle ensuite pour descendre à Boane ? Mais elle refoula ses angoisses. Ce n'était pas maintenant qu'il fallait abandonner. Manuel avait certainement prévenu Veronica de son départ. Elle ne pouvait plus changer d'avis.

Une femme était assise sur le trottoir avec des poules dans une cage. Sofia l'interrogea pour savoir de quel endroit partaient les camions pour Boane.

La femme la renseigna d'un geste de la main et lui demanda pourquoi elle marchait avec des béquilles, si elle s'était fait mal en tombant ? Sofia fit oui de la tête.

Elle suivit le chemin indiqué par la femme en pensant avec satisfaction à ce qu'elle venait de dire. Elle ne s'était donc pas aperçue qu'elle avait de fausses jambes ? Cela lui donna de nouvelles forces. Un garçon accroché à la portière d'un camion interpellait les clients. Sofia lui demanda s'il partait pour Boane.

— À Matola et à Boane, hurla-t-il en réponse. Ça fait deux mille.

Sofia en eut le souffle coupé. Deux mille ! Elle n'avait pas autant d'argent. Elle n'avait que mille cinq cents.

— Je n'ai que mille cinq cents, cria-t-elle.

— Dans ce cas, tu descendras à Matola, dit-il tout en ramassant l'argent des gens qui grimpaient à bord du camion.

Sofia, bousculée de tous côtés par la foule, faillit perdre l'équilibre à plusieurs reprises. Elle essaya d'attirer de nouveau l'attention du garçon, mais en vain. Il était trop occupé à contrôler ceux qui montaient dans son camion. La plate-forme n'allait pas tarder à être pleine. Sofia ne savait pas comment s'y prendre, mais elle savait qu'il fallait à tout prix qu'elle ait sa place.

Elle sentit quelqu'un l'attraper par le bras. Elle se retourna et vit une des infirmières qu'elle avait connue dans la chambre blanche à l'hôpital. Sofia se souvenait de son nom, Laurinda.

— Sofia, où vas-tu ?

— À la maison. Mais il me manque cinq cents.

— Je peux te les donner, dit Laurinda. Tu me rembourseras quand tu pourras.

— Tu vas à Boane, toi aussi ? demanda Sofia.

Laurinda sourit.

— Non, je vais à l'hôpital. Je viens d'arriver.

Le garçon accroché à la portière du camion se mit à crier que c'était l'heure du départ. Laurinda lui dit qu'il fallait absolument que Sofia parte avec lui et elle demanda aux gens qui se serraient sur la plate-forme de lui donner un coup de main pour aider Sofia à grimper. Quelqu'un prit les béquilles et elle se sentit soulevée par des bras costauds. Suspendue ainsi dans l'air, elle ne pouvait pas empêcher la capulana de remonter et plusieurs des passagers remarquèrent qu'elle avait des prothèses. On lui trouva une petite place et on lui rendit ses béquilles. Le garçon lui tendit la main pour réclamer l'argent. Quelques autres personnes réussirent encore à monter, chargées de cabas, de caisses et même d'une chèvre qui bêlait. Puis le camion se mit en branle. Sofia était bien calée entre deux grosses femmes qui portaient de grands paniers sur la tête, et elle n'eut pas besoin de prendre appui sur ses béquilles.

Elle était ravie d'être entourée de tant de monde.

Elle ne voulait plus repenser à cette solitude qu'elle avait dû supporter si longtemps.

Le vent soufflait fort autour de sa tête. Bringuebalant et cahotant, le camion atteignit tout de même rapidement la limite de la ville. Il se mit ensuite à rouler de plus en plus vite. De temps en temps il s'arrêtait pour laisser descendre ou monter de nouveaux passagers. Sofia demanda à une des grosses femmes si Boane était encore loin.

— D'abord on va traverser un pont, dit-elle, puis il y aura une montée, suivie d'une descente. Et ce sera tout de suite après.

Sofia ferma les yeux et sentit le vent contre son visage. Il aurait bien fallu qu'elle commence à réfléchir sur la façon dont elle pourrait retrouver sa maison une fois arrivée à Boane. Et pour retourner en ville, comment ferait-elle puisqu'il ne lui restait plus d'argent pour payer le billet ? Mais elle décida de ne pas s'inquiéter d'avance. Muazena lui avait dit que parmi les secrets du feu il y avait aussi les solutions à de nombreux problèmes. Elle finirait bien par trouver un feu devant lequel elle pourrait s'asseoir pour interroger les flammes. Cette idée la rassura.

Le camion freina et dérapa sur le côté de la chaussée. Ils étaient arrivés. La foule se préparait à quitter la plate-forme, bousculant Sofia qui eut du mal à garder l'équilibre. Elle lança d'abord ses béquilles sur le sol et ensuite on l'aida à descendre.

Le soleil était très fort et elle entoura sa tête d'une étoffe pour se protéger des rayons. Elle savait quelle direction prendre et elle se mit à marcher. Les béquilles s'enfonçaient dans la terre et elle avait du mal à avancer, mais elle serrait les dents sans se décourager. Une longue marche l'attendait, elle le savait. Dans la clarté aveuglante, elle devinait à l'horizon les contours des montagnes. Cela lui donnait l'impression d'être chez elle. C'étaient ces montagnes qui les avaient entourées, elle et Maria, quand elles couraient vers les champs le matin.

Au bout d'un moment, elle s'arrêta à l'ombre d'un arbre pour manger son morceau de pain. Elle était trempée de sueur et regrettait de ne pas avoir emporté d'eau. Elle aurait très soif avant d'atteindre le village. Ses cuisses et son genou gauche la faisaient souffrir, mais elle ne pouvait pas se permettre de se reposer longtemps. Il fallait continuer. De temps en temps des voitures la dépassaient sur la route, mais personne ne lui proposait de monter.

Tard dans l'après-midi Sofia arriva au village, assoiffée et à bout de forces. À l'entrée, il y avait un puits auquel elle n'avait pas cessé de penser depuis des heures. Un groupe important de femmes et d'enfants équipés de bidons en plastique attendaient leur tour. Beaucoup d'entre eux la reconnurent et manifestèrent leur joie de la revoir. Certains l'avaient crue morte.

Sofia s'assit sur le rebord du puits pour souffler. On lui donna à boire, on lui offrit des fruits, on posa des questions sur la ville et on lui demanda de montrer ses jambes. Quelqu'un était parti prévenir Lydia à son insu.

La fille et la mère se retrouvèrent à mi-chemin entre le puits et leur case.

À sa surprise, Sofia aperçut Lydia qui venait à sa rencontre, accompagnée d'Alfredo. Celle-ci lui caressa le bras en demandant si on l'avait renvoyée de l'hôpital. Elle avait l'air un peu inquiet.

— Je suis juste venue vous voir, dit Sofia. Il faut que je reparte demain.

— Tu as fait tout ce chemin à pied? demanda Lydia. Tu as dû mettre des jours...

— J'ai pris un camion. J'ai payé ma place.

Pour ne pas inquiéter Lydia davantage, elle ne lui dit pas qu'elle n'avait pas d'argent pour le retour. Elle n'avait jamais bien compris pourquoi les adultes s'inquiètent d'avance pour des problèmes qui ne se poseront que plus tard.

Arrivée à la maison, Sofia s'installa sur la natte avec une seule pensée en tête : s'allonger pour se reposer enfin. Mais les voisins venaient sans cesse lui rendre visite. Tout le monde voulait la voir et chaque fois on lui demandait de raconter son séjour à l'hôpital et ses impressions sur la grande ville. On voulait aussi qu'elle montre ses jambes. Elle oublia sa fatigue, heureuse d'être à la maison, entourée d'amis et de connaissances. Alfredo, assis à côté d'elle par terre, ne la quittait pas de ses yeux ronds.

Lydia commença à préparer le repas. Sofia avait remarqué qu'elle avait grossi, ce qui voulait dire qu'elle allait avoir un nouveau bébé et que Sofia aurait encore un frère ou une sœur. Elle se demandait qui parmi les hommes pouvait bien être le père mais elle ne voulait pas poser la question à Lydia. Elle finirait bien par le savoir le jour venu. L'idée d'avoir un autre frère ou une sœur la rendit heureuse. Peut-être surtout parce que cela signifiait que sa mère allait bien.

Ce soir-là, ils prolongèrent leur veillée devant le feu un peu plus que d'habitude. Pendant un bon moment, les gens continuèrent de surgir de l'obscurité pour venir saluer Sofia. Alfredo s'endormit par terre. Sofia et Lydia se retrouvèrent enfin seules.

— Quand rentreras-tu pour de bon ? demanda Lydia.

— Je ne sais pas. Bientôt, j'espère.

— Tu n'aurais pas dû venir jusqu'ici en camion. Qui t'a donné l'argent ?

— Le docteur Raul.

— Et si tu ne retrouves pas le chemin du retour ?

— Les camions suivent la route, et la route mène à la ville. Je ne peux pas me tromper.

Lydia se leva et prit Alfredo dans ses bras pour le porter à l'intérieur de la case. Sofia lui dit qu'elle voulait rester encore devant le feu avant d'aller se coucher. Lydia s'en alla sans demander d'explications.

Sofia était seule. En observant les flammes, elle comprit que si elle avait tant souhaité rentrer, c'était surtout parce qu'elle éprouvait le besoin de retrouver le feu. Ce n'est que là, dans la douceur de la nuit et en entendant au loin le son des tam-tams, qu'elle réussit vraiment à repenser à ce qui s'était passé. Ce n'était plus seulement les visages de Muazena et de Hapakatanda qu'elle voyait dans les flammes. À présent celui de Maria lui apparaissait aussi. Maria qui était maintenant avec les morts. L'idée que sa sœur avait retrouvé Muazena et Hapakatanda lui procura un sentiment de soulagement.

Elle avait l'impression d'entendre la voix de Maria qui lui disait qu'elle n'était pas coupable de sa mort, qu'elle ne pouvait pas savoir qu'il y avait une mine à l'endroit où elle avait posé son pied droit. Ce n'était pas sa faute.

Quand finalement Sofia se décida à aller se coucher, il ne restait plus que de la braise devant elle. C'était sans doute pour entendre la voix de Maria dans les flammes qu'elle avait eu ce besoin irrésistible de rentrer. Et elle avait eu raison de le faire. Veronica ne pouvait pas lui en vouloir d'être partie.

Le lendemain, Sofia n'eut pas besoin de se demander comment trouver l'argent pour le billet du retour.

José-Maria avait appris sa visite et vint la voir. Il s'accroupit devant elle et lui dit en souriant :

— Je savais que tu allais t'en sortir. Bientôt tu rentreras définitivement.

Ce qu'il dit ensuite était encore mieux :

— Je pars en ville cet après-midi. Si tu veux, tu peux venir avec moi.

Arriva le moment du départ. Lydia avait préparé un panier de légumes pour Sofia et José-Maria vint la chercher avec sa voiture. Sofia dit au revoir à tout le monde et jeta ensuite un regard sur les restes calcinés du feu de la veille en murmurant tout bas :

— Je reviendrai bientôt, Maria.

Le soir, de nouveau seule dans sa chambre, elle se dit qu'elle supporterait désormais mieux la situation, puisqu'elle savait qu'elle n'allait pas tarder à retrouver sa maison pour de bon.

Et elle avait pu parler avec Maria qui avait maintenant rejoint Muazena et Hapakatanda. Elle savait qu'elle était bien là où elle se trouvait, aussi bien que peut l'être quelqu'un qui est mort.

Sofia fut convaincue que le pire était à présent derrière elle, toute sa souffrance, toute sa solitude. Elle caressa Kukula et Xitsongo qu'elle avait posées dans le lit à côté d'elle.

C'était vrai qu'elles étaient devenues ses meilleures amies.

Chapitre 9

Un jour Sofia apprit que sa rééducation était terminée.

Une fois de plus, elle s'était laissé surprendre par le temps, ce phénomène étonnant qui existe et n'existe pas. Il s'était écoulé tellement vite à la fin qu'elle ne s'était rendu compte de rien.

Elle était en train de travailler, sous le regard de Benthino, lorsque Mestre Emilio et le docteur Raul apparurent dans la salle. Ils l'observèrent d'abord un moment. Quand elle s'assit pour se reposer, ils lui annoncèrent qu'elle n'avait plus besoin d'exercices.

Sofia eut du mal à réaliser. Était-ce possible que cette longue attente soit enfin terminée?

— Tes nouvelles amies s'occupent très bien de toi, dit le docteur Raul en faisant un geste vers ses jambes.

— Dans quelques années tu reviendras nous voir, ajouta Mestre Emilio. Il t'en faudra d'autres quand tu auras grandi.

— Je n'ai plus rien à lui apprendre, dit Benthino, et il y a beaucoup de gens qui attendent leur tour pour réapprendre à marcher.

— Je vais te raccompagner chez toi en voiture, proposa le docteur Raul. Je viendrai te chercher au foyer demain après-midi.

Plusieurs des infirmières qui s'étaient occupées de Sofia pendant la première période, la plus éprouvante, venaient maintenant lui dire au revoir. Il y avait Martha, Celeste et Mariza. Sofia était tout intimidée et ne savait pas quoi leur dire.

L'après-midi, avant l'arrivée du docteur Raul, elle se précipita dans la rue avec ses béquilles, pour revoir une dernière fois toutes les femmes qui vendaient leurs produits sur le trottoir. Quand Sofia raconta à Miranda et aux autres qu'elle allait rentrer chez elle, il y eut une vraie cacophonie. Elles s'interpellèrent, se coupèrent la parole et lui souhaitèrent bonne chance. Sofia était de nouveau très embarrassée.

Le plus difficile restait à faire : dire au revoir à Veronica qui l'avait tant aidée. Elle avait été une deuxième mère pour Sofia et elle allait lui manquer, un peu comme lui manquaient tous ceux qui étaient restés dans le village incendié d'où elle s'était enfuie.

Mais Veronica semblait heureuse d'apprendre que Sofia pouvait rentrer chez elle.

— Tu reviendras bien nous voir un jour ? dit-elle.

Sofia fit oui de la tête, mais sans être certaine que ce serait faisable. Elle avait du mal à croire qu'elle reviendrait un jour dans cette ville qu'elle s'apprêtait à quitter. Elle n'avait jamais pu s'habituer aux grands immeubles, à la circulation et à tous ces gens qu'elle voyait partout mais qu'elle ne connaissait pas. Elle voulait vivre parmi ceux dont elle connaissait le nom, ceux qui étaient ses amis ou ceux qui faisaient partie de sa famille.

Pendant leur fuite, il y avait très longtemps, elle s'était imaginé que la ville, c'était intéressant. Elle avait envie de la voir, comme elle avait envie de voir la mer. Elle savait maintenant que les deux choses n'avaient rien de comparable et les sentiments qu'elle éprouvait devant l'une ou l'autre étaient très différents. Si elle souhaitait quitter la ville, elle voulait revoir la mer.

Elle repensa aussi à la vieille femme qui avait fait un bout de chemin avec eux. Celle qui un beau jour s'était assise pour ne plus se relever. « Nos jambes ne sont pas faites pour nous porter jusqu'à la ville », avait-elle dit. Sofia était pourtant arrivée jusqu'à la ville, mais c'était pour avoir de nouvelles jambes.

Elle ramassa ses affaires et s'assit sur le seuil de sa chambre pour regarder descendre le soleil. Devant chaque porte, elle vit une tête fatiguée sur un corps affaissé. Il y avait surtout des vieillards dans ce foyer, des gens sans force. Certains étaient aveugles. À d'autres, il manquait une jambe ou un bras. Elle savait que beaucoup d'entre eux souffraient d'une maladie qui s'appelait la lèpre. Elle savait aussi qu'ils ne repartiraient jamais d'ici, puisqu'ils n'avaient nulle part où aller, nulle part où retourner.

Veronica vint lui porter son repas pour la dernière fois et se fit une place à côté d'elle pendant qu'elle mangeait.

— Qui va habiter ici quand je serai partie ? demanda Sofia.

— Il y aura bien quelqu'un, répondit Veronica.

Tout au long de l'après-midi, Sofia avait beaucoup réfléchi à un message qu'elle souhaitait laisser. Elle pensa que le moment était venu.

— Si Hortensia revient, dit-elle, dis-lui bonjour de ma part.

Veronica lui donna l'impression de ne pas se souvenir immédiatement de son amie, mais au bout d'un moment, elle fit un signe de tête.

— Hortensia ! Oh, je l'avais presque oubliée. Bien sûr que je lui transmettrai tes amitiés, si jamais elle revient.

Il commençait à faire nuit. Sofia s'endormit de bonne heure, elle avait hâte de voir venir le matin qui n'en finissait pas d'arriver. Il lui tardait de repartir à la maison avec le docteur Raul.

Le lendemain, elle quitta la ville. Le docteur Raul était venu la chercher comme convenu. C'était la première fois qu'elle le voyait sans blouse blanche. Sa voiture était vieille, toute petite, le pare-chocs était attaché avec un fil de fer et elle n'avait plus qu'un phare. Elle refusa de démarrer quand Sofia monta. Le docteur Raul fit un geste désespéré et laissa échapper un juron. Sofia ne put s'empêcher de rire, malgré son air furieux. Ils réussirent cependant à partir grâce à quelques garçons qui leur donnèrent un coup de main en poussant. Sofia trouva étonnant qu'un médecin, qui était sensé avoir beaucoup d'argent, ait une voiture aussi vieille et dans un si piteux état. Mais elle ne fit pas de commentaires.

Le docteur Raul chantait en roulant. Mais de temps en temps il faisait des signes aux automobilistes qui, à ses yeux, conduisaient mal.

En s'arrêtant à un feu rouge, il se retourna pour la regarder.

— Je ne travaille pas aujourd'hui, dit-il en souriant, c'est pourquoi je peux te conduire chez toi. Aujourd'hui je suis ton *motorista** particulier.

Ils laissèrent la ville derrière eux. Sofia vit défiler les champs avec des femmes qui se courbaient sur leur binette. Il lui tardait de sentir à nouveau la terre sur ses mains. En entendant le docteur fredonner, elle eut envie de chanter avec lui, mais elle

* Chauffeur.

n'osa pas. Elle se contenta de l'accompagner dans sa tête en silence.

Soudain, en haut d'une côte, ils sentirent que la voiture se mettait à sauter. Le docteur Raul se gara sur le bas-côté et s'aperçut qu'un des pneus était crevé. À travers la vitre, Sofia le voyait donner des coups de pied dans la roue arrière.

— Tu sais comment on change un pneu ? demanda-t-il. Moi, je n'en ai pas la moindre idée.

Sofia fit non de la tête.

Elle ouvrit la portière et parvint avec l'aide des béquilles à sortir sur la route sans tomber.

Pendant ce temps-là, le docteur Raul s'était mis à fouiller dans son coffre à la recherche d'une roue de secours et d'éventuels outils qui pourraient lui être utiles. Sa chemise blanche était déjà sale.

— Je sais opérer des gens, dit-il, mais je suis incapable de changer une roue.

— Moi, je ne sais ni opérer, ni changer une roue, dit Sofia en levant une béquille pour demander de l'aide à une voiture qui s'apprêtait à les doubler.

— Qu'est-ce que tu fais ? demanda le docteur Raul.

— Il faut bien demander aux autres, quand on n'y arrive pas soi-même, dit Sofia.

Elle leva de nouveau sa béquille. Une voiture se rangea derrière eux sur le bord de la route. Un homme en descendit et se renseigna sur leur problème avant de se mettre au travail. Sofia l'observait attentivement. Elle avait vraiment intérêt à savoir remplacer un pneu crevé si jamais elle devait repartir avec le docteur Raul dans sa vieille voiture.

Le docteur proposa de payer, mais l'homme ouvrit ses bras en riant de tout son visage noir couvert de sueur.

— Eh bien, en échange j'aurai peut-être un jour le plaisir de vous opérer, dit le docteur Raul.

— J'espère bien que non, répondit l'homme, inquiet. Je ne suis pas malade.

Sofia reprit sa place sur le siège arrière. L'homme les aida à redémarrer la voiture.

Ils quittèrent la route principale pour prendre le chemin qui menait à Boane. Pour traverser le fleuve Impamputo, ils empruntèrent un pont tellement étroit qu'il leur fallut laisser passer un troupeau de chèvres et attendre. Sofia vit des enfants qui jouaient dans l'eau et un peu plus loin un homme nu qui se lavait. Quelques femmes frottaient leur linge sur la berge. Sofia observait ce que chacun faisait en constatant avec satisfaction : « Moi aussi, je peux faire ça. Et ça. Et ça aussi. »

En fait, il n'y avait que deux choses qu'elle ne pourrait plus jamais faire.

Danser et courir.

Ce qui la rendait surtout triste, c'était de ne jamais plus pouvoir danser. De ne jamais plus pouvoir former un cercle avec les autres femmes pour danser. Ne plus pouvoir courir lui paraissait moins grave.

Une autre idée la préoccupait, une idée tellement importante qu'elle osait à peine la formuler. Que serait sa vie d'adulte? Y aurait-il un homme qui accepterait de l'épouser malgré ses deux jambes artificielles? Et bien qu'elle ne puisse pas danser? Aurait-elle un jour des enfants? Ou bien n'aurait-elle jamais la joie de porter un bébé attaché sur son dos?

Elle ne voulait plus y penser. Elle avait l'impression de défier le destin en s'inquiétant ainsi et elle craignait qu'il ne se venge en lui infligeant ce qu'elle redoutait.

Ils avaient à présent laissé le fleuve derrière eux. La route était étroite et pleine de bosses. Le docteur Raul avait remonté la vitre pour empêcher la poussière de pénétrer dans la voiture. Sofia n'avait aucun souvenir d'avoir emprunté cette route et pourtant elle savait qu'elle avait fait tout ce chemin dans le sens inverse. C'était après son accident. Beaucoup de questions étaient restées sans réponses. Et il y avait tant de choses qu'elle ignorait encore.

Ils atteignirent l'entrée du village.

— À partir d'ici je ne sais plus où aller, dit le docteur Raul, il va falloir que tu me guides.

Grâce aux explications de Sofia, ils arrivèrent rapidement à la case, mais, à la grande déception de la petite fille, il n'y avait personne. À un voisin qui venait la saluer, elle demanda où était Alfredo. Elle savait très bien que maman Lydia était dans les champs en train de travailler.

— Alfredo est parti avec ta mère aujourd'hui, dit le voisin.

De sa voiture, le docteur Raul observa leur case. Il s'inquiéta de voir les cloisons en paille fendillées et le toit en mauvais état. Il se dit que Sofia et sa famille seraient bien mal protégées pendant la saison des pluies et que ce ne serait pas bon de coucher sur un sol humide. Sofia appartenait à une famille pauvre, une des plus pauvres parmi les pauvres. Et pourtant, elle était visiblement heureuse d'être revenue chez elle.

« Sofia est forte, se dit-il. Elle s'en sortira. »

Pourtant, il avait du chagrin en pensant à la vie qui l'attendait, une vie pleine de privations. Une vie de pauvre.

Il dit au revoir à Sofia.

— J'espère que tout va bien se passer. Quand j'aurai un petit moment, je reviendrai te voir.

Sofia, gênée, baissa les yeux. Elle avait un peu honte d'avoir tant dérangé le docteur Raul. Il avait déjà passé beaucoup temps à l'opérer, bien qu'il ait certainement des gens plus importants qu'elle à soigner.

Elle lui fit un signe de la main en se demandant si elle le reverrait un jour.

Sofia passa le restant de la journée sur un banc à l'ombre d'un arbre à côté de la case, heureuse d'être chez elle. De temps en temps, des gens qui passaient sur la route s'arrêtaient pour la regarder comme s'ils n'en croyaient pas leurs yeux. Chaque fois, elle devait raconter son histoire et montrer ses jambes. Elle se rendit compte qu'elle en disait de moins en moins. Elle aurait préféré ne plus en parler du tout.

Le mieux aurait été que tout le monde oublie. Tout le monde sauf elle. Car elle n'avait pas le droit de cesser d'y penser. Si elle oubliait, elle aussi, Maria disparaîtrait. Et ça, il ne fallait pas que ça arrive!

Jamais!

L'après-midi était déjà bien avancé quand Sofia vit Lydia revenir sur la route. Alfredo courait à ses côtés. Sofia se leva et leur fit de grands signes. C'est Alfredo qui la reconnut le premier. Il tira Lydia par la manche en montrant Sofia du doigt.

Sofia s'aperçut que Lydia portait un enfant sur son dos. Elle avait totalement oublié que sa mère avait été enceinte. Elle sentit une grande joie l'envahir. Un nouveau bébé. Était-ce un petit frère ou une petite sœur?

Ils s'embrassèrent. Lydia caressa sa fille tandis qu'Alfredo restait en arrière, intimidé devant sa grande sœur. Lydia détacha ensuite l'enfant de son dos et le tendit à Sofia qui se rassit pour le prendre.

— Voici ton frère, dit Lydia en souriant.

Sofia remarqua que sa mère avait perdu plusieurs

dents. Il y avait combien de temps qu'elle ne l'avait pas vue ? Les jours s'embrouillèrent dans sa tête.

Son petit frère avait à peine un mois. Il s'était rendormi. Elle était heureuse de le tenir dans ses bras.

— Comment s'appelle-t-il ?

— Faustino. Son père reviendra à l'heure du dîner.

Enfin elle aurait réponse à sa question : elle allait faire la connaissance du nouveau mari de Lydia. C'était un moment important. Elle se sentait nerveuse. Mais joyeuse aussi. Tout serait moins difficile avec un homme dans la maison.

Lydia se mit à préparer le repas pendant que Sofia gardait son petit frère.

— Tu as fini par revenir, dit Lydia à plusieurs reprises. Tu es quand même revenue.

Mais aussitôt elle devint grave. Sofia savait que sa mère était capable de passer de la joie à l'inquiétude plus vite que n'importe qui.

— Comment vas-tu pouvoir te débrouiller ?

Sofia ne comprenait pas ce qu'elle voulait dire.

— Mais je marche de nouveau, dit-elle.

Lydia secoua la tête sans rien dire. Sofia eut mal au ventre. Qu'est-ce qui se cachait derrière les paroles de Lydia ? Pour quelle raison ne pourrait-elle pas se débrouiller ?

À peine s'était-elle posé la question qu'un homme vint dans sa direction. Imperceptiblement il s'était détaché de l'obscurité derrière elle.

Alfredo se précipita dans la case.

Sofia comprit immédiatement qu'il avait peur de cet homme qui était grand et costaud. Elle sentit qu'il avait bu du *tontonto**. Le regard qu'il jeta sur la petite fille était tellement pénétrant qu'elle baissa la tête.

— Qui est-ce? demanda-t-il.

Lydia était en train de préparer le dîner, accroupie devant le feu. Il lui fit signe de venir.

— C'est ma fille Sofia, répondit-elle.

Sofia ne reconnut pas la voix de sa mère. Elle avait changé, elle était plus faible. On aurait cru que sa mère était battue.

L'homme s'approcha de Sofia.

— Ah oui, c'est donc elle, la maladroite qui a marché sur une mine?

Sofia se figea.

— Bon, elle est revenue, continua-t-il, et il va falloir la nourrir! Et en plus, elle va se traîner avec ses béquilles toute sa vie!

L'homme disparut un instant derrière la case.

— Ne fais pas attention à ce qu'il dit, fit Lydia tout bas. Il parle trop quand il a bu. Sinon il est gentil.

— C'est lui, mon beau-père?

Lydia acquiesça avant de se dépêcher de retourner devant le feu pour ne pas laisser le repas brûler.

* Eau-de-vie.

Alfredo montra prudemment sa tête dans l'ouverture de la case. Visiblement il avait très peur de son beau-père. Le père de Faustino.

Sofia avait de plus en plus mal au ventre. Pourquoi Lydia avait-elle accepté un homme aussi méchant ? Pourquoi n'était-il pas content de la voir ? Pourquoi disait-il qu'elle avait marché sur la mine par maladresse ? Mais elle essaya aussi de se dire qu'il était méchant uniquement quand il avait bu du tontonto, d'après Lydia. Que c'était seulement à ce moment-là qu'Alfredo avait peur de lui.

Mais elle savait, au fond d'elle-même, que ce n'était pas vrai. Bien plus tard, après plusieurs lunes, elle allait s'apercevoir qu'en fait elle avait su tout de suite qu'il lui serait impossible de rester avec eux.

Elle avait perdu sa maison au moment même où le nouveau mari de sa mère s'était détaché de l'ombre qui enveloppait la case. C'était Lydia qu'il voulait, pas ses enfants. Elle avait déjà entendu parler d'hommes qui rejetaient les enfants de leurs nouvelles femmes. Mais jamais elle n'aurait pu imaginer que cela leur arriverait un jour.

L'instant d'après, elle eut honte de ses pensées. C'était peut-être vrai, après tout, ce qu'avait dit Lydia. Il était sûrement gentil quand il n'avait pas bu du tontonto.

Ils mangèrent en silence. Alfredo s'était éloigné

du feu autant que possible pour se réfugier dans le noir près de Sofia. Lydia appelait l'homme Isaias. Sofia eut l'impression qu'elle avait peur de lui, elle aussi. Elle n'arrivait pas à comprendre pourquoi sa mère avait choisi un homme qui n'aimait pas ses enfants. Un homme dont elle avait peur. Sofia ne reconnaissait plus sa mère. Que lui était-il arrivé? Elle pensait à sa mère telle qu'elle était auparavant : pleine de vitalité, bavarde, joyeuse, aimant danser et travailler. À présent, elle était là, recroquevillée, son visage s'était creusé et elle avait commencé à perdre ses dents.

Après le repas, Isaias se leva sans un mot et entra dans la case. Bientôt on l'entendit ronfler.

— Il vit ici? demanda Sofia.

— Il va s'occuper de nous, répondit Lydia. Tu dois lui obéir comme tu m'obéis.

— Qu'est-ce qu'il fait comme travail?

— Il n'en a pas, mais il en cherche pour gagner de l'argent.

— Alors, s'il ne travaille pas, comment va-t-il faire pour nous aider?

Sofia eut conscience qu'elle dissimulait mal sa colère et sa tristesse. Toute sa joie d'être rentrée chez elle s'était envolée. La vie serait plus difficile avec Isaias. Comment allait-elle faire pour obéir à un homme qui lui montrait aussi clairement qu'il ne l'aimait pas?

— Il ne devrait pas habiter avec nous, dit-elle.

Lydia se mit en colère.

— C'est toi qui me dis ce que je dois faire ? cria-t-elle. J'ai trouvé un nouveau mari, nous avons un enfant ensemble et toi tu n'es pas d'accord !

Alors elle éclata en sanglots. Sofia regretta d'avoir parlé aussi durement à sa mère. Elle ne se rendait pas bien compte des difficultés que cela représentait pour elle de vivre si longtemps sans Hapakatanda. Elle décida de s'efforcer de croire que ce serait peut-être une bonne chose qu'Isaias vive désormais avec eux.

Mais Isaias buvait tous les jours. À plusieurs reprises il battit Alfredo. Lydia semblait se tasser de plus en plus et elle laissait à son mari le soin de prendre les décisions. Sofia faisait beaucoup d'efforts pour penser que la situation pouvait changer.

Quelques semaines s'écoulèrent. Un jour Sofia était en train de balayer la cour et elle avait posé ses béquilles contre la cloison de la case. Le balai lui permettait de garder l'équilibre.

Soudain, quelqu'un attrapa le manche et tira. Sofia fit un faux pas et tomba par terre. C'était Isaias qui avait l'air de trouver ça très drôle. Il éclata de rire. Sofia remarqua qu'il n'avait pas bu.

Il jeta le balai vers elle.

— Ça t'a surpris, non ?

Sofia ramassa le balai et se releva sans rien dire. Puis elle se remit à l'ouvrage.

Ce soir-là, elle resta longtemps devant le feu. Il fallait qu'elle s'en aille. Il lui était vraiment impossible de rester. Elle avait de la peine pour Alfredo mais elle ne pouvait pas l'emmener avec elle.

Elle ne savait pas où aller. Finalement elle décida de retourner à la ville où elle trouverait peut-être quelqu'un pour l'aider. Sinon elle ferait comme tant d'autres : elle mendierait dans la rue. Ça ne pouvait pas être pire que de vivre ici.

Elle partirait à l'aube. Comme elle n'avait pas d'argent, elle devait se rendre à la ville à pied. Elle n'était pas sûre d'y parvenir. Si les lanières qui attachaient ses jambes ne tenaient pas le coup, il lui faudrait ramper.

Mais il n'y avait plus à hésiter. Il fallait qu'elle y aille. Le docteur Raul s'y trouvait. Peut-être pourrait-il lui venir en aide.

Elle passa toute la nuit devant le feu à le regarder faiblir et s'éteindre. Il faisait doux et elle s'assoupit adossée à la case. Quand le moment fut venu, elle quitta le village sans même se retourner.

Il lui fallut trois jours et trois nuits pour atteindre la ville. Le plus souvent, elle marchait avec ses béquilles, mais de temps en temps une voiture s'arrêtait pour lui proposer de l'emmener quelques kilomètres plus loin. Quelqu'un lui offrait du pain et elle trouvait de l'eau dans les puits des villages qu'elle traversait.

Elle s'aperçut qu'une de ses jambes s'était fissurée et cela l'inquiétait beaucoup. Elle ne voulait pas arriver chez le docteur Raul avec une seule jambe. Elle voulut la soulager en mettant tout le poids de son corps sur la droite. Cela lui donna des crampes qui l'obligèrent à s'arrêter fréquemment.

Elle arriva à la ville tard le soir. Elle trouva à s'abriter dans un vieux camion rouillé pour dormir en attendant le jour. Elle avait tellement faim qu'elle avait mal au ventre. De gros rats passaient à côté d'elle. Elle essaya de les chasser en donnant des coups avec ses béquilles. Jamais elle ne connut de nuit plus longue. C'était comme si le soleil avait décidé de ne plus se lever au-dessus de l'horizon. Elle repensa à ce qu'avait dit Muazena : la pire des choses, c'est la solitude. Être la dernière personne sur terre. Et ce serait elle, cette personne? Elle, Sofia Alface, dans un camion rouillé à l'entrée d'une grande ville, quelque part en Afrique?

L'aube finit pourtant par poindre. Elle sortit de son abri et reprit sa marche vers le centre de la ville. Au bout de quelques heures, elle se trouva devant l'hôpital et vit la voiture du docteur Raul sur le parking. Le pare-chocs était toujours attaché avec un fil de fer.

Elle s'assit à côté de la voiture pour attendre.

C'est ainsi que le docteur Raul la retrouva au moment où il s'apprêtait à rentrer après une longue journée de travail à l'hôpital.

Chapitre 10

La femme du docteur Raul s'appelait Dolores. Il l'aimait et ils avaient quatre enfants, mais il lui arrivait cependant de la craindre un peu, car elle pouvait être très autoritaire. Il savait que sa distraction l'agaçait, et il la soupçonnait aussi de lui en vouloir de garder la vieille voiture. Il estimait ne pas avoir les moyens de s'en acheter une autre.

Il avait peur de sa réaction en décidant de ramener Sofia à la maison.

Il avait trouvé la petite fille endormie à côté de sa voiture. D'abord, il avait pensé qu'il s'agissait d'un de ces nombreux enfants qui vivent dans la rue. Un de ces enfants qui viennent souvent laver le pare-brise de sa voiture avec un chiffon sale, dans l'espoir de l'attendrir assez pour qu'il leur donne un billet. Il avait déjà commencé à fouiller dans sa poche quand il s'aperçut que c'était Sofia, sa petite malade, qui était assise là, appuyée contre la roue arrière. Cette petite fille qu'il avait raccompagnée il y avait peu de temps dans son village près de Boane.

Soucieux, il fronça les sourcils, certain qu'il y avait eu un problème. Elle ouvrit les yeux, comme si elle l'avait entendu arriver, ou comme si elle avait senti sa présence. Il s'accroupit à côté d'elle, de la même manière qu'il l'avait fait tant de fois devant son lit à l'hôpital.

— Que s'est-il passé? demanda-t-il.

— Je n'ai pas pu rester chez moi.

Le docteur Raul écouta sa réponse sans rien dire. En principe, une famille africaine, même très pauvre, ne repousse pas l'un de ses membres. Il y a toujours une place pour lui devant le feu familial, quel que soit son degré de parenté.

Après avoir hésité un moment, il s'assit à côté d'elle, en s'adossant à la voiture.

— Raconte, dit-il. Raconte ce qui s'est passé.

Sofia se mit à parler avec difficulté, comme si elle était en proie à une grande douleur.

Elle parla d'Isaias. Elle raconta comment il était apparu devant elle, surgi de l'obscurité, comment il l'avait fait tomber en arrachant le balai de ses mains.

Le docteur Raul l'écouta, convaincu que tout ce qu'elle disait était parfaitement exact. Peut-être exagérait-elle un peu, comme le font souvent les enfants. Surtout les enfants pauvres dont le seul luxe est la richesse de l'imagination. Ce n'était pas non plus la première fois qu'il entendait une histoire semblable. Sofia partageait son sort avec d'autres. Il se dit que la pire conséquence de la pauvreté et de la misère, c'est quand les gens en arrivent à faire ce qu'ils ne veulent pas. Lydia avait sans doute besoin d'un homme pour l'aider, mais cela signifiait aussi qu'elle devait se soumettre à lui. Et souvent, les hommes n'acceptent pas les enfants d'un autre mariage. Surtout quand il s'agit d'une fille comme Sofia qui n'a plus de jambes et qui est obligée de se déplacer avec des béquilles.

Si elle était revenue dans la ville, c'était donc qu'elle n'avait vraiment pas pu rester chez sa mère dans le village. Et la seule personne à qui elle pouvait s'adresser, c'était le docteur qui l'avait guérie.

En fait, Sofia faisait toujours partie de ses malades et il ne pouvait pas se permettre de l'abandonner dans la rue. Elle serait malmenée, persécutée, brutalisée et battue par les autres enfants et même par les adultes qui vivaient dans la rue. On lui volerait ses béquilles, ainsi que ses jambes qui apparaîtraient ensuite ailleurs dans la ville, sur un marché où elles seraient mises en vente. Elle n'aurait rien à manger, elle serait malade, elle souffrirait de la toux, de la gale ou du paludisme. Elle finirait par mourir sous un carton sale. Et personne ne connaîtrait son identité. Elle serait enterrée dans un de ces grands trous que l'on creuse à la périphérie des cimetières. Ces fosses communes dans lesquelles on jette les corps, sans cercueil, sans la bénédiction d'un prêtre, sans rien. Comme on jette les ordures le matin dans la poubelle devant sa maison.

Il pensa à son épouse, Dolores, et se demanda ce qu'elle allait dire en le voyant revenir avec Sofia.

Mais il n'avait pas le choix.

— Je t'emmène chez moi, dit-il, en attendant de trouver une solution.

Sans un mot, elle s'installa sur le siège arrière.

Cette fois-ci, la voiture démarra sans que l'on ait besoin de la pousser.

Le docteur Raul occupait le rez-de-chaussée d'une maison à deux étages. Il y avait un petit jardin. Tout au fond, cachée derrière quelques arbres, se trouvait une remise où habitait son gardien de nuit, Suleman. Comme c'était un homme vieux et sage, le docteur lui parlait souvent de ses problèmes. Mais ce n'était pas un bon gardien. Souvent, la nuit, au lieu de surveiller la maison, il dormait. Quand il rentrait tard le soir le docteur Raul était obligé de le réveiller. Dolores lui reprochait de ne pas mettre Suleman à la porte pour le remplacer par un gardien qui au moins resterait éveillé. Le docteur Raul n'avait pas envie de se passer de lui, peut-être surtout parce qu'il lui était de bon conseil.

Il avait décidé de parler de Sofia avec Suleman qui aurait sûrement une bonne solution à proposer.

Le docteur Raul demanda à Sofia de l'attendre dans la voiture le temps de préparer Dolores à l'idée d'accueillir une de ses malades.

— Mais pourquoi la ramener à la maison ? demanda-t-elle. Pourquoi ne pas la laisser dormir à l'hôpital ?

— Elle a besoin de prendre un bain. Elle est tellement sale. Je ne pense pas que tu te rendes compte de tout le chemin qu'elle a parcouru avec ses béquilles.

Dolores ne dit plus rien et le docteur alla chercher Sofia. Quand elle vit la petite fille vraiment très sale, avec son air fatigué et triste, Dolores sentit son irritation la quitter.

— Pauvre petite, murmura-t-elle. Pourquoi la vie est-elle parfois aussi difficile ?

Elle proposa à Sofia de dîner avec la famille.

Gênée, elle baissa les yeux devant les enfants du docteur qui la regardaient manger. Elle était affamée. La nourriture avait un goût inhabituel. Elle qui avait l'habitude de manger avec les doigts avait du mal à se servir d'une cuillère. Il valait cependant mieux faire comme les autres.

Après le repas, Dolores alla préparer la baignoire. En entrant dans la salle de bains, Sofia eut le souffle coupé. Quelle salle de bains ! Elle était belle et brillante. Si grande que leur case aurait pu y tenir en entier. Il y avait l'eau courante, l'électricité, des serviettes, des savons odorants. Elle ne voyait pas de feu, et pourtant l'eau était chaude. Dolores lui expliqua comment faire et la laissa ensuite seule.

Sofia se déshabilla, détacha ses jambes et se laissa glisser dans l'eau chaude. Jamais elle n'avait connu une sensation aussi agréable. Elle ferma les yeux en pensant à la mer qu'elle avait vue un jour. L'eau salée n'était pas aussi chaude, mais elle pouvait quand même s'imaginer qu'elle flottait à la surface de la mer. Sans s'en rendre compte, elle s'assoupit. Quand Dolores vint jeter un coup d'œil, elle trouva Sofia endormie, la tête appuyée contre le rebord carrelé. Dolores l'observa un instant. En voyant son corps mutilé, elle secoua la tête, puis la réveilla doucement.

— Tu t'étais endormie, dit-elle. Fais vite ta toilette, pendant que l'eau est encore chaude.

Le docteur Raul vint la chercher quand elle eut fini de se préparer.

— Il faut que tu dormes maintenant, dit-il. Demain on verra ensemble ce que tu feras.

— Je ne peux pas rentrer chez moi, répéta Sofia.

Le docteur hocha la tête.

— On en reparlera demain. Pas maintenant.

Sofia était couchée dans le lit installé dans le bureau du docteur Raul. Il y avait aussi plein de livres et une grande table encombrée de papiers et de journaux. La lumière d'un réverbère entrait par la fenêtre. Elle entendit des voix au loin. C'était Dolores et le docteur Raul qui discutaient. Même si elle était seule parmi tous ces livres, il y avait des gens près d'elle. Cela lui procura un sentiment de sécurité. Elle ferma les yeux, chassa toutes ses pensées et s'endormit.

Dolores et le docteur Raul étaient en train de prendre le café et cherchaient une solution pour Sofia.

— Elle doit rentrer chez elle, commença Dolores. Nous ne pouvons pas résoudre ses problèmes.

Le docteur Raul savait que sa femme avait raison, mais il savait aussi que Sofia refuserait de suivre son conseil. Elle avait fait tout le chemin depuis Boane à pied. Elle avait marché avec ses béquilles dans une chaleur insupportable sans perdre courage. Cette force qui jusque-là l'avait aidée à survivre s'était cette fois-ci manifestée par le refus de vivre avec un beau-père qui riait quand elle tombait. Il en conclut qu'elle était en réalité bien plus forte qu'il ne l'avait pensé tout d'abord.

Le docteur Raul posa sa tasse.

— Je vais discuter un peu avec Suleman, dit-il.

— Je suis d'accord pour qu'elle reste un jour ou deux, ajouta Dolores, mais pas plus.

Il trouva Suleman devant la porte d'entrée. Il réparait ses chaussures. Son visage noir se détachait à peine de l'obscurité. La soirée était douce. Le docteur Raul s'assit sur une chaise de jardin qu'il avait apportée et il se mit à lui parler de Sofia. Suleman écoutait tout en travaillant. Une des semelles s'était décollée et il enfonça quelques clous avec un petit marteau. Le docteur Raul se demanda comment il arrivait à y voir sans lumière.

Quand le docteur eut terminé son récit, ils restèrent un moment sans parler. Seuls les coups du marteau interrompaient le silence. Il savait que Suleman était en train de réfléchir à ce qu'il venait d'entendre, mais qu'il ne dirait rien tant qu'il n'aurait pas trouvé de réponse.

Une heure s'écoula. Suleman continuait à taper sur les clous. Le docteur Raul attendait.

Une fois son travail terminé, Suleman se mit à parler.

— Sa mère viendra la chercher tôt ou tard, dit-il. Jusque-là, je pense que nous ne pouvons rien faire.

— Ça demandera combien de temps ?

— Une semaine, peut-être. Ou un mois.

— Mais elle ne peut pas habiter chez nous pendant tout ce temps-là !

De nouveau un problème apparaissait. Suleman réfléchit, le docteur Raul attendait.

— Je crois qu'elle pourra habiter chez ma sœur Hermina, finit-il par dire. Elle a une maison qui se trouve entre l'église et le marché aux légumes.

Le docteur trouva que l'idée était bonne. Le marché n'était pas loin et, si Suleman disait qu'on pouvait envisager cette possibilité, c'était sans doute vrai.

— J'assumerai les frais, bien entendu, dit-il.

Suleman ne répondit pas, mais le docteur Raul savait qu'il était en train de calculer une somme correcte à proposer à sa sœur. Il n'aurait pas à attendre la réponse bien longtemps. La décision serait prise dès le lendemain matin.

Le docteur Raul retourna auprès de sa femme pour lui faire part de la proposition de Suleman.

— Oui, je pense aussi qu'il est possible que sa mère vienne la chercher, dit-elle. Espérons que Suleman a raison.

— Il a rarement tort.

Ils décidèrent d'aller se coucher. Avant d'éteindre la lumière, le docteur Raul fit un tour dans son bureau. Il resta un moment à regarder Sofia dormir. Sa tête contrastait sur l'oreiller blanc. Puis il retourna dans sa chambre.

— C'est une fille étonnante, dit Dolores.

— Oui, on ne peut pas l'oublier, dit le docteur Raul. Je ne sais pas à quoi ça tient.

Sofia s'installa chez Hermina, la sœur de Suleman. Sa maison n'était pas grande mais beaucoup de gens y logeaient. Une personne de plus ou de moins dans la famille, cela n'avait pas d'importance pour Hermina.

C'était une femme grande et forte. Elle vendait

des poulets vivants sur le marché. Sofia était réveillée tous les matins par un boucan terrible devant la maison. C'était Hermina qui discutait le prix avec d'éventuels acheteurs.

Il n'y avait pas de salle de bains dans la maison d'Hermina et Sofia partageait son lit avec une fille qui s'appelait Louisa. Elle s'y sentait pourtant mieux que chez le docteur Raul. Elle participait au ménage, à la lessive et elle gardait souvent les jeunes enfants. Mais elle n'oubliait pas pour autant qu'elle devait penser à son avenir. Elle était seulement de passage chez Hermina. Il fallait qu'elle garde cela à l'esprit.

Au fond d'elle-même, elle espérait que Lydia n'allait pas tarder à se présenter devant la maison d'Hermina pour lui apprendre qu'Isaias était parti et qu'elle pouvait rentrer.

Mais elle s'aperçut aussi qu'elle en voulait à sa mère de lui avoir préféré un homme méchant, quelqu'un sur qui elle ne pourrait jamais compter. Et elle s'inquiétait pour Alfredo qui se retrouvait tout seul.

« Si seulement j'avais pu en parler avec Maria, se dit-elle. Ici, je n'ai que le feu qui brûle dans la cuisinière d'Hermina. Il faut que Muazena me vienne en aide. »

Hermina se renseigna tout de suite auprès de Sofia pour savoir s'il y avait quelque chose qui l'intéressait en particulier.

— Coudre, répondit Sofia.

Hermina approuva.

— C'est très bien, dit-elle. Je vais voir ce que je peux faire.

Le lendemain matin, Hermina vint réveiller Sofia très tôt, avant même que les hommes soient installés devant la maison avec leurs poules caquetantes.

— Habille-toi, dit-elle. Dépêche-toi. J'ai une bonne amie qui tient un atelier de couture et elle veut que tu lui montres ce que tu sais faire. Si elle te trouve assez douée, elle est prête à t'engager. Tu ne seras pas payée, mais tu apprendras à travailler. C'est plus important que l'argent.

Hermina, qui était toujours débordée, l'attendait déjà impatiemment dans la rue. Sofia attacha ses jambes, s'habilla à toute vitesse et sortit la rejoindre.

Sofia fut obligée de courir avec ses béquilles pour arriver à la suivre. Heureusement, elles n'allaient pas loin. Hermina s'arrêta devant une petite maison cachée dans un jardin envahi par une végétation sauvage. La maison était très mal entretenue. Les gouttières ne tenaient plus, l'escalier en pierre était fissuré. Par une porte laissée ouverte, Hermina appela Fatima. Une femme aussi noire et aussi grosse qu'Hermina apparut en haut de l'escalier.

— Je t'ai amené Sofia, dit Hermina. Mais je ne peux pas rester.

Puis elle se tourna vers Sofia.

— Tu sauras revenir seule cet après-midi, n'est-ce pas ?

Sofia acquiesça. Hermina disparut, la laissant avec Fatima qui l'observait les yeux plissés derrière une paire de lunettes de soleil.

— Approche, que je te voie un peu mieux, dit-elle.

Sofia s'avança. Quand elle atteignit l'escalier, Fatima lui tourna le dos en lui faisant signe de la suivre. La fillette grimpa les marches avec difficulté.

En entrant dans la maison elle eut la sensation de pénétrer dans un autre monde. Il y avait plein d'oiseaux de toutes les couleurs qui piaillaient, jacassaient et chantaient. Un peu partout étaient accrochées des cages : des petites, des grandes, des carrées, des rondes ; des cages en bois, en paille, en tissu. Sofia, abasourdie, s'arrêta sur le seuil de la porte. Certains oiseaux volaient en toute liberté. Un pigeon argenté se percha sur son épaule et se mit à lui tirer les cheveux. Fatima avait disparu dans une pièce attenante, mais elle revint pour voir pourquoi Sofia ne l'avait pas suivie.

— Tu n'as pas peur des oiseaux, j'espère ? demanda-t-elle. Dans ce cas, tu ne pourrais pas travailler chez moi.

Sofia fit non de la tête. Elle n'en avait pas peur des oiseaux, elle était seulement surprise d'entrer dans une maison où les oiseaux étaient beaucoup plus nombreux que les gens.

— J'ai toujours rêvé de me réveiller le matin avec des ailes dans le dos, dit Fatima. Comme ça ne m'arrivera jamais, je m'entoure d'oiseaux, de milliers d'ailes qui battent, qui planent et qui s'élèvent vers des cieux gris ou bleus.

Elle fit signe à Sofia de la suivre dans la salle d'à côté qui était grande et toute ronde. Elle avait de nombreuses fenêtres et Sofia n'avait jamais vu une pièce aussi lumineuse. Au milieu trônaient des tables sur lesquelles étaient posées les machines à coudre. Les murs étaient tapissés d'étagères qui contenaient des tissus multicolores. Des mannequins, grands comme de vraies personnes, étaient placés à différents endroits dans la salle. Ils étaient drapés de tissus ou habillés de robes qui n'étaient pas encore terminées. Ils regardaient Sofia de leurs yeux vides.

Fatima éclata de rire.

— Quand tu auras fini de rester comme ça, bouche bée, tu pourras t'asseoir sur le tabouret là-bas, dit-elle. Après, on se mettra au travail.

En rencontrant Fatima, Sofia eut l'impression de trouver une sœur de Muazena. Elle était plus jeune et plus grosse qu'elle, mais elle possédait la même force secrète. Elle savait raconter des histoires et elle savait expliquer les choses sans pour autant quitter son travail. Exactement comme

Muazena poursuivait son nettoyage de la terre sèche et ses plantations tout en parlant.

Le temps que Sofia passa parmi les oiseaux chez Fatima à transformer les tissus en vêtements lui parut immobile.

Fatima était un professeur sévère. Elle se mettait en colère si Sofia était négligente ou si elle ne suivait pas ses conseils. Mais Sofia remarqua qu'elle n'élevait jamais la voix et ne poussait jamais de soupirs sans raison. Par contre elle ne manquait jamais de lui faire des compliments si elle avait bien travaillé.

Et surtout, elle lui apprenait les secrets de l'aiguille à coudre.

Un soir, elles continuèrent à travailler après la tombée de la nuit. Il fallait absolument qu'une robe de mariée en soie blanche soit terminée pour le lendemain. Fatima avait proposé à Sofia de passer la nuit chez elle.

Il était tard. La nuit était déjà bien avancée quand la robe blanche fut enfin terminée. Fatima était satisfaite et elle mit son bras autour des épaules de Sofia.

— Elle ne pouvait pas être plus réussie, dit-elle.

Alors, elles s'installèrent sous la véranda pour prendre le thé. Les oiseaux reposaient immobiles et silencieux dans leurs cages. Un vent léger traversait le silence.

Fatima et Sofia étaient assises sur une balancelle, l'une à côté de l'autre.

Elles tenaient à la main leurs tasses dépareillées et ébréchées.

— C'est un vieil homme qui m'a appris à coudre, dit soudain Fatima.

Elle parlait à voix basse, comme si elle craignait de troubler le silence qui les entourait.

— Il m'a enseigné que dans la vie tout n'est qu'une question de coutures, continua-t-elle. Ce sont elles qui font le lien entre les choses. C'est grâce à elles que notre mémoire relie nos rêves à nos pensées, celles que nous avons quand nous sommes éveillés. Il existe même des coutures invisibles entre les gens et si l'on veut apprendre à les aimer, il faut savoir coudre. Si tu brodes ton chagrin mais aussi tes désirs sur un morceau de tissu, tu t'apercevras que tout deviendra plus facile.

Voilà ce que Fatima dit à Sofia cette nuit-là. Et Sofia n'allait jamais l'oublier.

Dès le lendemain, elle se mit à coudre ensemble deux morceaux de tissu qui les représentaient, elle et Maria. Avec différents fils, elle broda un dessin qui formait le nom de Lydia. Cela signifiait qu'elle lui manquait. Elle ajouta un chemin pour dire qu'elle attendait tous les jours que sa mère vienne lui annoncer qu'Isaias était parti et qu'elle pouvait regagner la maison.

Ce soir-là, elle sut que ce qu'elle voulait faire dans la vie, c'était coudre. Comme les compliments de Fatima devenaient de plus en plus fréquents et qu'elle lui confiait des tâches de plus en plus délicates, elle finit aussi par croire qu'elle y arriverait un jour.

Le temps passa. Lydia ne venait pas. Chaque jour Sofia espérait que le docteur Raul viendrait frapper à la porte d'Hermina pour lui dire que Lydia était venue la chercher à l'hôpital. Elle ne venait pas. Le docteur Raul, conscient de la tristesse de la petite fille, lui dit combien il était content de ses progrès en couture.

Sofia s'efforça de ne pas penser à Lydia, à Alfredo, à Faustino et à tout ce qui était difficile. Elle avait ramené chez elle les deux morceaux de tissu qui les représentaient, elle et Maria. Si une nuit elle avait du mal à trouver le sommeil, elle sortait du lit et se remettait à coudre, éclairée par la lumière de la rue. Sa situation lui paraissait ainsi moins pénible. Mais son chagrin ne la quittait pas. Pourquoi sa mère ne venait-elle pas ? Avait-elle oublié qu'elle avait une fille ?

La saison des pluies arriva. Il plut sans interruption pendant des jours et des semaines. La ville se remplit d'eau. On ne voyait presque plus les rues. Mais tous les matins, Sofia se rendait à la maison de Fatima et des oiseaux. Et tous les soirs, elle retournait chez Hermina.

Un soir qu'il pleuvait à verse, on frappa à la porte. C'était le docteur Raul. Sofia bondit de sa chaise. Enfin, il venait lui annoncer que Lydia était venue à l'hôpital pour la chercher. Chaque muscle de son corps se tendit quand elle regarda le docteur, tout dégoulinant.

— À l'hôpital, un homme a demandé à te voir, dit-il.

Le cœur de Sofia cessa de battre. C'était forcément Isaias. Il était sans doute venu pour l'obliger à rentrer ?

— C'était un homme âgé, poursuivit le docteur Raul.

Sofia ne comprenait pas. Isaias n'était pas vieux. Qui cela pouvait-il bien être ?

— Il m'a dit qu'il s'appelait Totio, ajouta le docteur Raul. Et il reviendra demain. Il viendra te voir ici.

Totio ? L'homme à la machine à coudre ? Que pouvait-il bien lui vouloir ?

Sofia eut du mal à trouver le sommeil cette nuit-là. Le lendemain, son travail était si mauvais que Fatima lui demanda si elle était malade. Mais Sofia ne pensait qu'à Totio. Elle était impatiente et avait hâte de savoir ce qu'il lui voulait.

Et Totio arriva.

Tard le soir, il frappa à la porte d'Hermina.

Chapitre 11

L'apparition du vieux Totio devant la maison d'Hermina provoqua un si grand bonheur chez Sofia qu'elle en fut elle-même tout étonnée. En fait, ils ne se connaissaient que très peu. Pourtant, il était venu jusque-là pour la voir. Elle observa son visage ridé et essaya d'y découvrir la raison de sa visite. Hermina lui proposa d'entrer plutôt que de rester là, sous la pluie. Mais Totio déclina son offre. Il était déjà tard et il avait encore un bon bout de chemin à faire car il logeait chez des cousins assez loin de la ville.

— Je suis juste venu vérifier que Sofia habite bien ici, dit-il. Si c'est possible, j'irai la voir demain à son travail.

Hermina lui expliqua où se trouvait la maison de Fatima. Totio salua avec son vieux chapeau troué et s'en alla dans la nuit qui commençait à tomber.

— Qui était-ce ? demanda Hermina.

— Totio. Il a une machine à coudre.

Sofia en voulut un peu au vieil homme de ne

pas avoir expliqué pourquoi il était venu. Il n'avait tout de même pas fait ce long voyage dans le seul but d'avoir de ses nouvelles ? Ce ne pouvait pas être Lydia non plus qui l'avait envoyé, puisqu'ils se connaissaient à peine.

Sofia eut un sommeil agité cette nuit-là. Elle rêva que Totio s'était perdu dans la ville inondée de pluie et qu'il ne reviendrait plus jamais.

Quand elle se réveilla à l'aube, la pluie tombait encore. Hermina était pressée comme toujours. Elle gronda Sofia parce qu'elle trouvait qu'elle était trop lente à se préparer. Sofia se mit un sac en plastique sur la tête, serra sa capulana autour d'elle et s'en alla dans la rue en sautant dans l'eau qui, à certains endroits, était assez profonde. À plusieurs reprises, elle faillit se faire asperger par les voitures qui passaient sans faire attention.

En arrivant chez Fatima, une surprise l'attendait : Totio était déjà là, s'abritant de la pluie sous un arbre.

— Monsieur Totio, il ne faut pas rester sous la pluie, dit Sofia. Entrons.

Elle poussa la porte. Partout des oiseaux volaient, battaient des ailes et piaillaient. Totio s'arrêta, bouche bée. Ébahi, il promena son regard tout autour de lui.

— *A phsi nyenhana a ku shonga**, dit-il.

— *Ina***, répondit Sofia en souriant.

Fatima était occupée à tailler un chemisier, quand

* Quels beaux oiseaux !

** Oui.

Sofia entra dans la salle, accompagnée de Totio. Ils se saluèrent et engagèrent immédiatement la conversation. Fatima lui recommanda d'enlever ses vêtements trempés et de s'envelopper dans une couverture. Mais Totio refusa, affirmant que ce n'était pas la peine. Il mit cependant beaucoup de soin à essuyer son vieux chapeau déchiré avant de le poser délicatement sur une chaise.

Il passa le restant de la journée assis à côté de son chapeau, à regarder Sofia travailler. Il ne lui avait toujours rien dit. Sofia savait que les vieilles personnes ont souvent besoin de prendre leur temps pour poser des questions ou pour annoncer une nouvelle. Et maintenant que Totio était là, elle était bien capable d'attendre encore un peu. Mais dans l'après-midi, comme il n'avait encore rien expliqué et qu'il n'avait rien fait d'autre que d'observer son travail, elle commença à s'impatienter.

Pourquoi ne parlait-il donc pas?

Il semblait prêter une attention particulière à la façon dont elle se servait des machines de Fatima. Elle était très fière de n'avoir pas fait une seule erreur depuis l'arrivée de Totio.

La journée de travail touchait à sa fin. C'est alors seulement que Totio se mit à parler. Fatima était partie dans la cuisine et on entendait le bruit des casseroles qui s'entrechoquaient.

— Tu sais coudre maintenant, dit-il. J'ai pu

constater que tu as appris à te servir d'une machine. C'est pour ça que je suis venu.

Sofia l'écoutait parler, les mains sur les genoux.

— Je suis vieux, poursuivit-il. Ma vue baisse. Je ne veux pas attendre que mes clients aient à se plaindre de mon travail. C'est pourquoi j'ai décidé d'arrêter. Fernanda et moi allons retourner à Mueda. Je suis venu te demander si tu veux bien reprendre notre case et ma machine à coudre.

Sofia n'en croyait pas ses oreilles.

— Mais je n'ai pas d'argent pour payer ! dit-elle.

— J'ai pensé que tu pourrais nous envoyer de l'argent plus tard, quand tu en auras, dit Totio. Nous les vieux, on n'a pas besoin de grand-chose.

Sofia continuait à se demander si elle avait bien compris. Est-ce que Totio avait réellement l'intention de lui confier sa machine ? Était-il en train de lui dire qu'elle allait lui succéder comme couturière dans leur village près de Boane ?

Totio ne fut pas étonné par sa réaction.

— Je n'ai tout de même pas fait ce long voyage pour t'annoncer une chose qui ne serait pas vraie, dit-il.

En réfléchissant aux paroles du vieil homme, Sofia sentit ses pensées voler dans sa tête comme les oiseaux dans la maison de Fatima.

— Je ne peux pas, finit-elle par dire.

— Et pourquoi ?

Sofia lui parla d'Isaias. Elle lui expliqua pourquoi elle était revenue dans la ville. Totio hocha lentement la tête en gardant le silence pendant un bon moment.

— Je comprends que ce soit difficile pour toi. Mais il ne faut pas que tu oublies que nous te laisserons notre case, Fernanda et moi. Tu vas travailler seule et tu vas pouvoir subvenir à tes besoins. Tu ne verras Isaias que lorsque tu le décideras toi-même.

— Jamais.

— Peut-être. Ce sera à toi de décider.

Il se leva péniblement et remit son vieux chapeau d'où s'échappaient ses cheveux gris.

— J'ai vu que tu sais coudre, répéta-t-il. Il te reste encore beaucoup à apprendre, mais je peux maintenant rentrer et annoncer à Fernanda que tu es capable de reprendre ma machine. Ainsi le chemin du retour me paraîtra moins long.

Il s'approcha d'elle et posa sa main sur son épaule.

— Il ne faut pas que tu restes dans cette ville, dit-il. Tu n'es que de passage ici. Tu appartiens au village. Maintenant tu sais que tu as une raison d'y retourner. Rentre d'ici quelques semaines. Mais ne tarde pas trop.

Il s'en alla.

De la fenêtre, Sofia le regarda s'éloigner sous la pluie. Elle se dit que c'était sans doute Muazena qui l'avait envoyé.

Elle appuya son visage contre le carreau embué. À cet instant, Maria lui manqua plus que jamais.

Elle s'aperçut soudain que Fatima était à côté d'elle. Elle ne l'avait pas entendue arriver.

— Ça t'a fait plaisir ou ça t'a fait de la peine, ce qu'il est venu t'annoncer ? demanda-t-elle.

— Je ne sais pas.

— Je n'ai pas tout entendu, poursuivit Fatima, mais je suis d'accord avec lui pour dire que tu couds bien. Je te conseille de retourner au village. C'est là-bas chez toi. Pas ici.

Ce soir-là, dans la maison d'Hermina, Sofia resta longtemps blottie dans un coin de son lit. Elle réfléchit encore aux paroles de Totio. Elle se voyait déjà sur le banc à l'ombre de l'arbre, pleine d'entrain pour actionner la machine à coudre noire. La bobine tournait, l'aiguille piquait des coutures bien régulières et bien droites, les clients hochaient la tête avec satisfaction, d'autres faisaient la queue en attendant de lui passer commande. Mais dès qu'elle pensa à Isaias, cette image s'évanouit. Comment ferait-elle pour vivre dans le même village que Lydia alors qu'elle l'avait rejetée, elle, sa propre fille, au profit d'un homme méchant qui buvait du tontonto ? Ce serait trop difficile. La joie que lui procurerait la machine de Totio ne ferait pas le poids.

Une des phrases que Muazena avait prononcée il y avait longtemps lui revint à l'esprit : *Sans ta famille, tu n'es rien.*

Voilà ce qu'elle avait dit. Et Sofia savait qu'elle avait raison. Même si sa déception était immense, son envie de retrouver sa mère était encore plus grande. Elle lui manquait à chaque instant.

Les jours passèrent sans que Sofia arrive à prendre une décision. Aux questions de Fatima, elle ne donnait que des réponses vagues en se penchant sur son travail.

Un dimanche, elle alla rendre visite au docteur Raul et à Dolores qui furent heureux de la revoir. Elle leur raconta la visite de Totio, mais au moment d'aborder ce qui était le plus douloureux, sa séparation d'avec Lydia, elle ne trouva plus ses mots et se mit à bafouiller.

— Quand as-tu l'intention de rentrer chez toi? demanda le docteur Raul. Si tu as encore le courage de monter en voiture avec moi, je te conduirai.

— Je ne peux pas dire.

— Préviens-moi quelques jours avant, demanda Dolores, j'ai bien envie de vous accompagner.

Sofia retourna chez Hermina. Elle était en colère contre elle-même de n'avoir pas pu s'expliquer, mais aussi contre le docteur Raul et Dolores, car eux ne semblaient pas comprendre la difficulté que cela représentait pour elle de retourner dans le village où vivait sa famille, sans pouvoir la voir.

«Ça ne marchera pas, se dit-elle. Totio se lassera de m'attendre. Il donnera sa machine à quelqu'un d'autre.»

Le lendemain, un lundi, quand Sofia se réveilla,

elle entendit la pluie tambouriner contre le toit en tôle. Elle n'avait pas envie de se lever et remonta le drap au-dessus de sa tête. Hermina s'affairait dans la cuisine et Sofia savait qu'elle n'allait pas tarder à venir la gronder, parce qu'elle n'était pas encore debout et habillée.

Quelqu'un frappa à la porte d'entrée, et elle entendit la voix d'Hermina dire « Entrez ». Persuadée que c'était un vendeur de poulets qui venait se faire payer, elle se boucha les oreilles pour ne pas entendre le caquetage bruyant des volailles. Elle ferma les yeux et chercha à se rendormir.

Quelqu'un tira sur le drap qu'elle avait remonté au-dessus de sa tête. Évidemment c'était Hermina qui venait la disputer.

Mais ce n'était pas la main d'Hermina.

Elle ouvrit les yeux, repoussa le drap et vit le visage de Lydia au-dessus d'elle.

Ce n'était pas un rêve. C'était vraiment Lydia qui lui souriait.

— Sofia ! Est-ce vraiment toi ?

Sofia fit oui de la tête sans rien dire.

Lydia s'assit par terre à côté du lit. Faustino, qui était attaché sur son dos, gémit doucement. Elle lui donna le sein. Sofia se laissa glisser par terre et attacha ses jambes. Puis elle s'habilla.

Faustino s'était rendormi. Lydia le tendit à Sofia. En le prenant dans ses bras, elle constata qu'il ressemblait à Alfredo.

— Tu peux rentrer maintenant, dit Lydia. Isaias n'est plus là.

Sofia écoutait Lydia tout en berçant Faustino.

— Isaias n'était pas un homme bon, continua-t-elle. Il avait beaucoup à dire, mais ses paroles n'avaient rien à voir avec ses actes. La semaine dernière, il s'est introduit dans la maison du senhor Padre* José-Maria pour voler une boîte qui contenait de l'argent. Quelqu'un l'avait vu, mais quand la police est venue de Boane pour l'interroger, il n'a pas voulu avouer. C'est Alfredo qui a retrouvé la boîte. Isaias l'avait enterrée derrière le vieux poulailler. En voyant Alfredo avec la boîte, il n'a pas pu faire autrement que d'admettre que c'était bien lui, le cambrioleur. Alors la police l'a emmené. Il sait très bien qu'il ne pourra pas revenir à la maison quand il sera libéré de prison.

Lydia garda les yeux baissés en racontant son histoire, comme si elle avait honte devant Sofia, qui n'était pourtant qu'une enfant. La colère et le chagrin que Sofia avait ressentis disparurent aussitôt. Elle avait seulement de la peine pour Lydia, devenue si vieille et si fatiguée depuis le jour où ils s'étaient enfuis de leur village incendié.

Et subitement tout devenait facile. Elle pouvait rentrer chez elle. Elle pouvait accepter la proposition de Totio. Pourtant il y avait encore une question qu'elle voulait poser à Muazena quand elle

* Prêtre.

reverrait son visage dans les flammes d'un feu : elle voulait savoir pourquoi il y avait parfois de longues périodes difficiles et pénibles sans aucune lumière et d'autres où tout s'arrangeait d'un seul coup. Muazena connaîtrait certainement la réponse.

— J'aurais voulu aller sur la tombe de Maria, dit soudain Lydia. Mais tu ne pourras peut-être pas venir ? Tu dois avoir du travail à faire.

Sofia n'avait jamais pensé qu'elle se rendrait un jour sur la tombe de sa sœur.

— Je vais demander l'autorisation à Fatima, dit-elle. On ira ensemble. Mais je ne sais pas où elle est enterrée.

— Si toi tu sais comment aller au grand cimetière à côté du fleuve, moi je saurai y retrouver la tombe de Maria.

Elles partirent ensemble vers la maison de Fatima. Lydia était gênée de porter des vêtements trop modestes. Elle ne voulut pas entrer. Sofia alla seule retrouver Fatima, entourée de ses oiseaux, pour lui demander l'autorisation d'accompagner sa mère. Fatima fut presque vexée par sa question.

— Mais bien sûr que tu peux aller sur la tombe de ta sœur, dit-elle.

Elle donna un peu d'argent à Sofia pour leur permettre, à elle et à sa mère, de prendre un camion plutôt que de faire tout le trajet à pied.

Elle lui expliqua où trouver ceux qui partaient dans la bonne direction.

La ville effraya Lydia. Les grands immeubles, les nombreuses voitures et tous ces gens qui semblaient si pressés, tout lui faisait peur. Elle marcha en se serrant très près de Sofia.

Une vieille jeep transformée les emmena au cimetière. Il était immense et Lydia réfléchit longuement avant d'indiquer de quel côté elles devaient se diriger.

L'entrée était signalée par de grandes grilles rouillées accrochées à des poteaux fissurés. Juste derrière s'alignaient de petites constructions en pierre, toutes surmontées d'une croix. Sur chacune était gravé le nom de la famille qui y avait placé ses morts. À l'intérieur il y avait des cercueils empilés les uns sur les autres. À sa grande stupéfaction, Sofia découvrit que des pauvres qui n'avaient sans doute pas d'autre logement s'y étaient installés. Ils dormaient et faisaient la cuisine parmi les tombes. Elle frissonna à l'idée de devenir un jour pauvre au point d'être obligée d'habiter dans une tombe.

Elles poursuivirent leur chemin et arrivèrent devant de longues rangées de pierres tombales blanches. La plupart d'entre elles étaient effritées et fêlées. Des lézards se faufilaient parmi les fleurs desséchées. Le cimetière leur parut infiniment grand.

Petit à petit, les pierres s'espacèrent et elles se retrouvèrent dans un espace immense où de simples croix en bois indiquaient l'emplacement des morts. Lydia s'arrêta et regarda autour d'elle.

Puis elles reprirent leur marche jusqu'à l'extrême limite du cimetière.

— Voilà, c'est ici, dit Lydia en s'essuyant le front avec un bout de tissu.

Sofia chercha sans la voir la tombe de sa sœur.

— Beaucoup de morts sont enterrés ensemble, expliqua sa mère. Des gens qui sont pauvres comme nous. Mais c'est bien ici, je le sais.

Elles s'assirent à l'ombre d'un grand arbre. Sofia essaya de se dire que Maria était là, quelque part sous la terre. Elle se promit que son premier salaire servirait à offrir une croix à Maria. Cela l'aiderait à se représenter l'endroit où reposait sa sœur.

Lydia se mit à balancer lentement son corps. Un gémissement sourd s'échappa de sa bouche. Sofia fit comme sa mère. Sans qu'elle sache comment, une plainte sortit de ses lèvres.

Elles restèrent ainsi des heures à pleurer Maria. C'est seulement en voyant le soleil descendre vers l'horizon que Sofia annonça qu'il fallait prendre le chemin du retour. Elle avait encore suffisamment d'argent pour payer leurs places dans un camion.

Lydia passa la nuit par terre dans la chambre de sa fille. Sofia lui avait proposé son lit, mais Lydia avait refusé, catégoriquement. Elle dormit sur une natte en raphia, Faustino serré contre elle.

Le lendemain, elle repartit au village. José-Maria lui avait proposé de faire le voyage en camion avec lui. Sofia expliqua à sa mère comment se rendre sur la place du marché d'où partaient les camions.

— Rentre vite, lui demanda Lydia en la quittant devant la maison d'Hermina.

Sofia ne lui avait rien dit au sujet de la visite de Totio, ni sur son intention de lui confier sa machine à coudre. Elle voulait d'abord s'assurer qu'il n'était pas trop tard. Alors seulement elle retournerait au village près de Boane et elle apprendrait la nouvelle à Lydia.

Elle fit un signe de la main à sa mère en la regardant s'éloigner. Puis elle se dépêcha d'aller retrouver Fatima, les oiseaux, les tissus et les fils qui l'attendaient.

Sofia n'eut pas besoin de prendre contact avec Totio pour vérifier si sa proposition tenait toujours. C'est lui qui revint la voir pour connaître sa réponse.

Cela se passa environ une semaine après la visite de Lydia. Il était accompagné de Fernanda. Quand Sofia leur annonça sa décision, la volumineuse Fernanda se mit à danser de joie. Effrayés, les oiseaux de Fatima s'envolèrent dans tous les sens.

— Il va falloir fêter ça ! dit-elle en attrapant le chapeau que Totio tenait à la main. On va commencer par t'acheter un nouveau chapeau.

Totio ne dit rien. Il sembla à Sofia qu'il aurait préféré garder son vieux chapeau, même sale et troué.

Ils décidèrent ensemble que Sofia resterait encore un mois chez Fatima avant de rentrer au village.

Son dernier jour de travail se terminait. Au cours des rares moments qu'elle avait réussi à garder pour elle, Sofia avait brodé une petite nappe pour Fatima.

Sur un tissu bleu, qui représentait le ciel, elle avait disposé plein d'oiseaux, certains volaient librement, d'autres étaient enfermés dans la volière. Quand le moment de la séparation arriva, elle offrit cette nappe à Fatima. Tout intimidée, elle baissa les yeux en lui tendant son cadeau. Fatima poussa un cri de joie en voyant la broderie.

— Comme c'est beau ! s'exclama-t-elle. Chaque fois que je regarderai la nappe, je penserai à toutes ces semaines que tu as passées ici avec moi.

Puis elle défit l'aiguille de la machine qu'avait utilisée Sofia.

— Prends celle-ci, dit-elle en la tendant à Sofia. Elle te rappellera Fatima et ses oiseaux.

Le lendemain, le docteur Raul et Dolores vinrent la chercher. Sofia promit à Hermina de revenir la voir aussi souvent que possible.

Quand ils quittèrent la ville, la pluie avait cessé de tomber. Sofia, installée sur le siège arrière, baissa la vitre pour sentir le souffle du vent sur son visage. Elle n'avait plus peur de rentrer chez elle.

Ils arrivèrent au village et trouvèrent Lydia et Alfredo devant la case.

L'espace d'une seconde, Sofia s'attendit à voir Maria courir à sa rencontre. Mais bien sûr, Maria n'existait plus que dans son cœur.

Elle était enfin rentrée à la maison.

Chapitre 12

Sofia se leva, bien avant Lydia.

Prudemment, pour ne pas réveiller les autres, elle passa par-dessus Alfredo, attrapa ses jambes qu'elle avait rangées la veille le long du mur, écarta le rideau en raphia et se glissa dehors. Il faisait encore nuit. Elle attacha d'abord sa jambe gauche, puis la droite. Elle s'aperçut qu'elle avait oublié de prendre ses béquilles. Elle se mit debout en prenant appui contre le mur et écarta de nouveau le rideau. En tâtonnant, elle réussit à retrouver ses béquilles dans la case obscure. Après avoir laissé retomber le rideau à sa place, elle partit dans la nuit. Elle tenait absolument à s'en aller avant que Lydia ne se réveille.

Aucun signe dans le ciel n'annonçait l'approche de l'aube. Il avait plu pendant la nuit, mais le chemin en terre battue était encore bien ferme et Sofia se déplaçait avec facilité. La saison des pluies n'allait pas tarder à transformer toutes les routes en un véritable bourbier gorgé d'eau et elle aurait du mal à marcher. Ses béquilles s'enfonceraient dans la boue et elle aurait des problèmes pour garder l'équilibre.

Elle arriva sur la grande place devant l'école. En tournant à droite, elle vit que le ciel commençait à se colorer à l'est d'une lueur rose. Elle entendit le cocorico d'un coq quelque part dans le voisinage. Une chèvre lui répondit en bêlant.

Les odeurs sont toujours plus fortes après la pluie. Sofia remplit ses poumons de l'air frais qui lui rappela le village où elle avait vécu avec Maria, Muazena et Hapakatanda.

Elle n'avait pas oublié la promesse qu'elles avaient échangée, elle et sa sœur : un jour elles retourneraient au village où les esprits de Muazena et d'Hapakatanda les attendaient.

Même si elle allait devoir réaliser cette promesse toute seule, elle aurait quand même l'impression d'être accompagnée par Maria.

Totio était déjà levé. Il était installé devant la table où trônait sa machine à coudre quand Sofia arriva en sautillant sur ses béquilles. La machine était recouverte de son couvercle en bois marron. Sofia se sentit un peu inquiète. Et s'il avait changé d'avis?

Il lui fit un petit signe de tête et lui prépara une place sur le banc à côté de lui. Ils restèrent sans se parler. Sofia observa longtemps le vieil homme discrètement. Il semblait être plongé dans ses pensées. Fernanda dormait encore. On entendait ses ronflements.

— Dans la vie il y a toujours un moment où tout change, finit-il par dire. On a beau s'y attendre, ça arrive quand même comme une surprise.

Il se pencha au-dessus de la table et ôta le couvercle, puis il passa doucement la main sur la machine noire.

— Ça fait trente-cinq ans que je m'en sers. Je suis incapable de dire combien de dizaines de kilomètres de fil ont traversé le chas de l'aiguille pour assembler des pantalons, des robes, des chemises et des coiffes. Mais ce fil a surtout traversé ma vie. Et maintenant c'est fini.

Sofia sentit que Totio était triste. Elle pensa que ce devait être difficile de vieillir et de ne plus avoir la force de travailler.

Le soleil s'était levé. Sofia continua à garder le silence. Elle ne posa aucune question.

Totio attrapa un objet rangé sous le banc et le tendit à Sofia. C'était un carré blanc en carton rigide sur lequel était inscrit :

Atelier de couture. Propriétaire : Sofia Alface.

— Quand tu reviendras demain, tu trouveras cette enseigne accrochée, dit Totio. La mienne aura disparu. Et Fernanda et moi, nous aurons disparu aussi. La case sera à toi, ainsi que la machine et tous mes clients.

Le cœur de Sofia se mit à battre la chamade. Elle transpirait même sous le coup de l'émotion.

C'était donc vrai. Elle allait prendre la suite de Totio, dans sa case, avec sa machine ! Dès demain !

— N'oublie pas que les clients satisfaits reviennent, dit Totio. Les clients mécontents, eux, ne viennent qu'une seule fois.

— Il y a tant de choses que j'ai encore à apprendre, dit Sofia.

— Moi aussi, répondit Totio. On n'a jamais fini d'apprendre.

Les ronflements cessèrent et Fernanda apparut dans l'ouverture de la case. Elle bâilla en nouant la capulana autour de son corps imposant.

— Il faut que tu saches que l'idée vient de Fernanda, souligna Totio. Quand j'ai su que mes yeux n'arrivaient plus à faire du bon travail, je lui ai dit que je voulais vendre la machine. Fernanda a pensé que ce serait bien mieux que tu continues à la faire fonctionner et que tu nous envoies un peu d'argent de temps en temps.

Fernanda s'était assise sur le banc à côté de Sofia qui se trouvait bien serrée entre elle et Totio.

— Une machine est faite pour être utilisée, dit Fernanda, et non pas pour être vendue.

— Je ne sais pas comment vous remercier, dit Sofia embarrassée.

— Tu ne dois pas remercier, dit Fernanda. Tu dois coudre.

Sofia passa toute la journée chez Totio et Fernanda. Comme ils partaient tôt le lendemain matin, elle leur donna un coup de main pour préparer leurs bagages.

Il fallait d'abord qu'ils rejoignent la route principale avec tous leurs paniers et leurs baluchons. Puis ils devraient prendre un bus pour le lointain Mueda où ils avaient vécu il y avait très longtemps. Cela demanderait plusieurs jours de voyage.

De nombreux villageois passèrent leur dire au revoir au cours de la journée. Totio ne tarissait pas d'éloges sur Sofia. Il disait qu'elle était une très bonne couturière et qu'il fallait faire appel à elle, si jamais ils avaient besoin de nouveaux vêtements ou de raccommoder les anciens.

À la fin de la journée, il fallut se quitter.

— J'ai chargé un garçon de surveiller la machine cette nuit, dit Totio. Comme ça personne ne la volera.

Fernanda caressa la joue de Sofia. Totio tint sa main longuement entre les siennes, ridées mais fortes. Puis ils se quittèrent sans cérémonie.

Sofia partit en direction de son village. Elle savait que ce vieux couple allait beaucoup lui manquer.

Après le repas, Lydia s'attarda devant le feu. Sofia comprit qu'elle avait quelque chose sur le cœur.

Elle scruta le visage de sa mère à la lueur des flammes. Elle lui sembla usée et fatiguée, bien qu'elle ne fût pas vieille. Elle avait encore l'âge de mettre des enfants au monde.

— Je ne possède pas beaucoup de mots, dit Lydia, mais j'ai beaucoup de pensées. Quand je vous ai vues sur le sentier, toi et Maria, j'ai cru que ma vie s'arrêtait là. On m'avait tout pris, mon mari Hapakatanda, mon village, mes enfants. Mais toi, tu as survécu et maintenant tu vas avoir ta propre maison et une machine à coudre. Tu as deux nouvelles jambes et dans le village on parle de toi avec respect. Je crois qu'Hapakatanda et Maria te voient et qu'ils sont fiers de toi autant que je le suis.

— Tu oublies Muazena, dit Sofia.

— C'était une sorcière, s'exclama Lydia. Elle me faisait peur.

— Pas à moi. Et à Maria non plus.

— Je veux quand même que tu saches que je suis fière de toi. Grâce à toi, j'ai pu conserver une partie de ma joie.

Sofia n'avait jamais entendu sa mère lui parler de cette manière. C'était étrange et inhabituel, mais ça lui était agréable.

Lydia se retira pour aller se coucher. Comme Sofia avait déjà préparé pour le lendemain le peu de choses qu'elle possédait, elle resta un moment seule devant le feu. Quand elle entendit la respiration régulière de sa mère, elle sut qu'elle s'était endormie.

Sofia plongea son regard dans les flammes et tous les visages lui apparurent très nettement. Hapakatanda était là. Sofia se revit toute petite le jour où il l'avait soulevée très haut vers le ciel pour lui montrer le soleil. Muazena était là, et Maria.

« Finalement ça n'a pas beaucoup d'importance que l'on soit mort ou vivant, puisqu'on continue à appartenir à la même famille », pensa Sofia.

Elle comprit que c'était ça, le secret du feu. Pouvoir retrouver tous ceux qui lui étaient chers. Qu'ils soient morts ou vivants, qu'ils soient loin ou près d'elle. Le feu gardait et protégeait absolument tout.

Elle ne sut combien de temps elle resta devant le feu, cette dernière soirée passée à la maison. À plusieurs reprises, elle dut alimenter les flammes pour qu'elles reprennent de la vigueur. Le lendemain matin elle s'en irait et le soir même elle allumerait pour la première fois son propre feu.

Ce serait un grand moment. Un moment important.

Elle regarda ses jambes, ses amies. Elles avaient beaucoup de chemin à faire ensemble, pendant des jours et des lunes.

Elle se réveilla très tôt le lendemain. Lydia était déjà debout. Tout intimidées, elles se dirent au revoir devant la case.

— Nous allons continuer à vivre dans le même village, dit Sofia. La route n'est pas bien longue entre nos deux maisons.

— Dans mon cœur pourtant je sens que tu nous quittes, dit Lydia. Il me faudra du temps pour m'habituer.

En cadeau d'adieu elle donna à Sofia un panier de tomates.

Sofia s'en alla, ses affaires rassemblées dans un baluchon sur sa tête. Il fallait qu'elle arrive à le garder en équilibre tout en surveillant l'endroit où elle prenait appui avec les béquilles, ce qui n'était pas si facile. Avec de la persévérance, elle y parviendrait.

La première chose qui lui sauta aux yeux quand elle arriva dans sa nouvelle maison, ce fut une enseigne accrochée à un arbre :

Atelier de couture. Propriétaire : Sofia Alface.

Elle descendit le baluchon de sa tête pour pouvoir mieux lire l'inscription qui brillait au soleil.

— Sofia Alface, répéta-t-elle, c'est moi. Oui, c'est bien moi et personne d'autre.

Un garçon était assis à côté de la machine. Il se leva et s'approcha de Sofia pour l'aider à porter son baluchon. Sofia pénétra dans sa maison. Fernanda avait fait le ménage, tout était propre et net. Sofia s'assit sur le lit qui grinçait et regarda autour d'elle. À part le lit, il n'y avait pas d'autres meubles qu'une table branlante et deux chaises. Mais le toit était en bon état et il n'y avait pas de risque de fuites. Les cloisons en paille n'auraient pas besoin d'entretien avant l'année suivante.

« Voici la maison de Sofia Alface, pensa-t-elle, la nouvelle propriétaire de la machine à coudre de Totio. »

Elle sortit de la case pour s'asseoir devant la machine. Elle enleva le couvercle, attrapa une bobine, fit passer le fil qu'elle avait auparavant léché et réussit à enfiler l'aiguille du premier coup.

Elle était prête. Elle pouvait commencer à travailler. Mais elle était inquiète au sujet de sa clientèle. Et si jamais il n'y avait personne ?

Elle n'avait pas de souci à se faire. Les gens vinrent la voir. José-Maria fut son premier client.

Quand Sofia le vit sur la route, elle ressentit comme une gêne. Elle ne savait pas quoi lui dire. Peut-être la trouverait-il trop jeune pour avoir sa propre machine ?

Mais José-Maria avait la même attitude que d'habitude. Il remonta ses lunettes sur son front et il la salua d'un signe de tête.

— J'ai un pantalon à raccommoder, dit-il. Mais j'en ai besoin pour demain.

Il lui tendit un paquet enveloppé dans du papier journal. Sofia le défit et étala le pantalon devant elle. Elle constata que c'était juste une couture qui avait lâché. C'était facile.

— Je peux le faire tout de suite, dit-elle.

— Pour demain, ça ira. Je suis ton premier client ?

Sofia acquiesça et se sentit rougir.

— Je pense que ça va bien marcher pour toi, Sofia, poursuivit-il. Mais n'oublie pas qu'il faut que tu continues à aller à l'école. Au moins quelques heures par jour, jusqu'à ce que tu saches lire, écrire et calculer. Je vais en parler avec Filomena.

Dès qu'il fut parti, Sofia se mit à réparer son pantalon. Elle avait un peu peur que la machine refuse de lui obéir. Peut-être Totio lui manquerait-il ? Elle se mit à actionner la pédale. Tout se passa bien : la bobine tournait et l'aiguille piquait dans les règles de l'art. Une fois le travail terminé, elle ne put s'empêcher de caresser la machine, comme elle avait vu Totio le faire.

Le garçon qui avait surveillé la machine la nuit était à présent assis à l'ombre d'un arbre. Il regardait Sofia avec insistance. Quand elle leva la tête, il détourna les yeux.

— Qui es-tu ? demanda Sofia au bout de quelques heures.

— Fabiao, répondit-il.

— Pourquoi restes-tu ici à ne rien faire ? Pourquoi

ne vas-tu pas à l'école? Pourquoi ne gardes-tu pas les chèvres? Pourquoi ne fais-tu rien?

Fabiao haussa les épaules sans répondre. Sofia ne posa pas d'autres questions.

Une femme arriva pour lui apporter une jupe qu'elle voulait faire transformer.

— J'ai tellement grossi, se plaignit-elle. Je n'entre plus dans mes vêtements. Tu n'as qu'à regarder la jupe pour voir comme j'ai été mince!

Sofia examina d'abord la jupe, puis la femme qui se tenait devant elle. Elle fut obligée de se mordre les lèvres pour s'empêcher de rire. La femme n'avait pas l'air de comprendre.

— Pourquoi ne réponds-tu pas? demanda-t-elle en colère. Il y a déjà longtemps que Totio aurait commencé à travailler. Comment a-t-il pu confier sa machine à une gamine?

— Je vais m'en occuper, promit Sofia.

— Si ce n'est pas bien fait, je ne te paierai pas.

— Ce sera bien fait. Et ce sera prêt demain.

— Je ne demande qu'à voir, dit la femme, et elle s'en alla en balançant son corps énorme.

Une fois toute seule, Sofia éclata de rire. Puis elle se mit à transformer la jupe. Le soleil était déjà haut dans le ciel. Le garçon avait disparu. Les heures s'écoulaient et Sofia travaillait sans relâche. Elle avait très chaud, mais elle s'accordait à peine le temps de boire un peu d'eau. Le village somnolait dans la chaleur de l'après-midi. Mais Sofia travaillait. La machine tournait. Le garçon était toujours absent. Le crépuscule commençait à s'installer quand Sofia jugea que la transformation de la jupe était en bonne voie. Même quelqu'un d'aussi exigeant que Totio en aurait été satisfait. Elle décida de terminer le travail le lendemain matin. Elle plia la jupe et redressa son dos. Comme elle n'avait rien avalé de la journée, elle alla chercher dans la case quelques tomates qu'elle avait apportées le matin.

En ressortant, elle s'aperçut que le garçon était revenu. Il se tenait près de la machine.

— Il ne faut pas que tu y touches, s'exclama Sofia.

— Mais je n'en ai pas l'intention, rétorqua le garçon qui s'appelait Fabiao. J'ai quelque chose pour toi.

Sofia sauta jusqu'au banc en appuyant vigoureusement ses béquilles sur le sol. Elle s'assit.

Le garçon resta debout, un panier à la main.

— Une jeune fille voudrait que tu lui fasses une robe, dit-il en lui tendant le panier.

Dedans il y avait un grand tissu blanc que Sofia caressa de la main. Elle sentit combien il était doux, presque aussi doux que de la soie.

— Qui a commandé cette robe? interrogea-t-elle.

— On ne m'a pas dit son nom, répondit Fabiao, mais on m'a donné de l'argent.

Il posa quelques billets à côté de la machine.

— Il faut que je voie la fille pour connaître sa

taille, dit Sofia. Je ne peux pas lui faire une robe sans prendre ses mesures.

— Elle est comme toi, dit Fabiao. Il paraît que vous avez la même taille.

Soudain Sofia se sentit mal à l'aise. Elle reposa le tissu dans le panier.

— C'est qui, cette fille ? demanda-t-elle.

— Je ne sais pas. En réalité, c'est une vieille femme qui m'a donné le tissu et l'argent.

— Elle doit être prête quand ?

— Avant la prochaine lune.

Sofia regarda longuement Fabiao.

— Dis à la vieille femme que je vais coudre cette robe blanche. Une robe blanche qui sera à ma taille.

Fabiao lui fit un signe de tête et il partit en courant.

Il faisait nuit. Sofia prépara un feu. Les pensées se bousculaient dans sa tête. Elle était trop fatiguée pour manger. Elle s'installa sur sa natte en raphia pour regarder les flammes. Avant d'aller se coucher elle porterait la machine protégée par son couvercle dans la case. Il ne fallait pas que quelqu'un puisse voler la machine de Totio.

Le tissu blanc était dans le panier.

À présent, Sofia avait la certitude que c'était Muazena qui s'était manifestée. La robe était destinée à Maria. Maria qui était morte mais qui était encore là, au fond d'elle-même et au fond des flammes qui flamboyaient devant elle.

Maria qui serait toujours là.

«Je vais faire cette robe, pensa Sofia. Je vais faire tout ce que je peux pour qu'elle soit aussi belle que possible. Et un jour, quand j'aurai beaucoup travaillé et que j'aurai gagné suffisamment d'argent, je retournerai avec Lydia, Alfredo et Faustino dans notre village que les Bandits ont brûlé une nuit, il y a très longtemps. Peut-être pourrai-je aussi revoir la mer.»

Elle resta longtemps devant le feu, le regard plongé dans les flammes. Elle avait détaché ses jambes et les avait posées à côté d'elle.

La nuit tropicale était douce. Les grillons chantaient, un chien aboyait au loin. Au-dessus de Sofia, le ciel étoilé était plein de questions restées sans réponse.

Elle pénétra dans la case avec sa machine, lâcha le rideau en raphia qui reprit sa place devant l'ouverture, puis elle se coucha pour dormir.

Le feu se consumait doucement.

La lueur de la braise devint de plus en plus faible.

Sofia s'endormit.

Dans ses rêves, Maria courait sur le sentier vers elle.

Et la nuit, la nuit africaine, était calme.

Cet
ouvrage,
le six cent vingt-huitième
de la collection
CASTOR POCHE,
a été achevé d'imprimer
sur les presses de l'imprimerie
Maury Eurolivres
Manchecourt - France
en avril 2003

*Cet ouvrage a été composé
par les Éditions Flammarion*

Dépôt légal: février 1998.
N° d'édition : 4201. Imprimé en France.
ISBN: 2-08-164201-8
ISSN: 0763-4544
Loi n° 49-956 du 16 juillet 1949
sur les publications destinées à la jeunesse